泣き言まじりにくずおれそうなオリヴィアの腕を、
ギルバートは馬の手綱を引くように引っ張った。
「うんっ」
　背中がそり返ると、オリヴィアの中で暴れている欲望が
刺激する場所が変わり、新たな快楽が顔を覗かせる。

箱入り男装令嬢と
イジワル騎士団長の蜜甘レッスン

一滴しぃ

Vanilla文庫

CONTENTS

イラスト／龍　胡伯

プロローグ

「お前は俺で、男の体を知るんだ」

薄い唇をつり上げて微笑む男のまなざしが、オリヴィアにひたと据えられる。

男の肩からあふれる金の髪は、とろりとして柔らかそうなのに、目つきは鷹のように鋭い。

「従順に、親に定められた男のものになり、わけもわからず夜ごと体を暴かれる恐怖に震えて生きるなど、嫌だろう?」

よく通る声は低く、背骨の奥までずしりと響く。もし悪魔というものがこの世にいるとしたら、きっとこんな姿だろうとオリヴィアは思った。

それほど男は美しかった。蠟燭の光で際立つ輪郭は完璧で、見つめられるとオリヴィアは動けなくなる。

「ほら、来い」

差し伸べられた指に操られるがごとく、オリヴィアの体は、ぎくしゃくと彼に傾いた。

二人の指先が触れるか、触れないかの瞬間、オリヴィアは男に強く引き寄せられる。

「あっ」

優雅に見える指は、乱暴にオリヴィアの手首を引いて、しっかりと腰を捉える。

オリヴィアは男の胸に頬を押し付けられ、躍動する筋肉のしなやかさをいやおうなく感じ取った。

どくどくと脈打つ心音が力強い。息を吸い込むと、男から立ちのぼる香りで肺がいっぱいになった。

かっと、オリヴィアの頬が染まる。

まるで温度を感じさせない、人形のような美貌を持つ男の体は、驚くほど熱かった。

「細いな。もっと肉をつけろ」

大きな手で遠慮なく尻を揉まれる。彼の指が、オリヴィアの敏感な臀部にぐっと押し付けられると、わけもわからず、体の奥の熱がじんわりと上がって膝が震える。

「……大きなお世話です」

なんとか言い返したものの、もはや呼吸の仕方すら思い出せない。

「大きなお世話でも口出しはするぞ、お前は俺の部下なのだからな」

女の自分とはまったく違うその体は、触れるといかに厚く、頑丈かわかる。

怖いと思うと同時に、無闇に縋りつきたくなった。

この感情はなんなのだろう。頬は熱をはらんで、目は潤み、指から力が抜けていく。

「ほら、知りたいだろう？　男の弱い場所は——」

息も絶え絶えのオリヴィアに、男は優しく耳打ちをする。

そして掴んだままのオリヴィアの手首を下ろしていく。弾力のある胸部から、引き締まった腹部、そして、もっと下へと。

「——ここだ」

脚の間のずっしりした存在を手のひらに感じて、オリヴィアの体がびくりと跳ねる。

「あ」

触れられてもいないのに、脚の間にある秘めた場所がどくりと主張する。みだりがましい反応をする自分の体が恥ずかしくてオリヴィアはうつむいた。

「逃げるなよ」

こわばる彼女のおとがいを、男は有無を言わさず掴んで目を合わせてくる。

「知りたいんだろう？」

けぶるブルーアイズに捉えられたら、もう逃げ出せない。

第一章　騎士団長との出会い

ここ数年、秋になると、山からイノシシの群れが下りてくる。

リーダーは見事な雌のイノシシだ。小山のごとき風体で、賢くて罠にもかからない。硬い毛で覆われた分厚い皮膚は弓矢も通さないという。

彼女は一族を率いて付近の山一帯を支配している。その数は今や二十頭近くまでふくれ上がった。

大食漢のイノシシたちが通り過ぎたあとの畑は、無残にも掘り返されて穴だらけになってしまう。小さな芋ひとつも残っていない。

彼女の率いるイノシシたちは人間をおそれず、それどころか人間を見かけると突進してくる。馬ですらはね飛ばしてしまう威力に人間などひとたまりもないので、目が合うと一目散に逃げるしかなかった。

けれどこのまま放置していれば、今年も甚大な被害を受けることになる。ただでさえ少ない作物がさらに減ってしまうとなると、今年の冬は餓死する人々も出かねない。

なんとかしてほしいと領民に縋りつかれた領主のリヴィングストン子爵は、今年こそと、イノシシ討伐の部隊を組み、必ず仕留めると約束したのだった。

「約束したのはいいのだけれど」

小高い丘の上から周囲を見渡し、オリヴィア・グレース・リヴィングストンはため息をつく。

「やっぱり、私たちだけでは難しいと思うわ」

「領主様も、百も承知でしょうとも」

どうしようもありません、と達観した様子でかぶりを振っているのは、オリヴィアの侍女のマリーゴールドだ。まだ十二歳だというのにしっかりしている。

「領主様が王にあてた何通もの嘆願書にはいまだ返事がありません。今年も狩猟役人の一人もよこさないつもりでしょう。待ちぼうけを食わされているうちに秋ですよ。イノシシの目撃情報も日々増えています。領主様は慈悲深い方ですから、みすみす畑を荒らされるのを黙って見ていられないのでしょう」

「父上が、領民を大事に思われる気持ちは、私も尊敬してはいますが」

オリヴィアは、ちらりと、足元を眺めた。そこには一頭の老いたグレイハウンドのヴィクターが控えている。

グレイハウンドは、追走犬に追い詰められて逃げてきた獲物を待ち受け、とどめを刺すための犬だ。

若いころのヴィクターは勇猛で、幼いオリヴィアのもとに、一撃で仕留めたと思われる鴨や兎を持ってきてくれていたものだが、今やすっかり年老いて、日がな一日日向ぼっこばかりをしている。

素晴らしい精度で獲物の所在を嗅ぎつけていたブラッドハウンドのショーンもヴィクターと同じくらいの年頃で、よぼよぼと地面に這いつくばって、いつまでも匂いを嗅いでいるのが遠目に確認できる。

追走犬にいたっては、心もとない懐事情ゆえに面倒を見きれず、信用の置ける人に譲ってしまった。かわりに領民たちがスキやフライパンを叩いて勢子の役を買ってくれている。

馬たちも犬と同様、年老いているか、農耕馬しかいない。

リヴィングストン家の人材のほうも心細い。

オリヴィアは心配で近くの森を眺めやった。

領主である父のモーリスは狩猟の腕は確かだが、争いを好まない穏やかな性格だ。

今も気が進まない様子で、馬のたてがみを優しく撫でている。

彼と比べればむしろ母のヴァイオレットのほうが狩りに向いているかもしれない。彼女は愛情深い人だが、自慢の庭を荒らす獣には厳しく、容赦せず弓を向ける。

オリヴィアもまた、弓矢の腕なら覚えがある。

両親は年頃のオリヴィアが野山をかけて狩りをすることにいい顔はしないけれど、仕方がないと諦めてもいる。そうでもしなければ、夕飯は木の実とパンだけになってしまうのだから。

とはいうもののオリヴィアの獲物は兎やキジといった小さな獣なので、イノシシ狩りに役に立つかと問われれば心もとなかった。

オリヴィアの弟はまだ一人で馬に乗れない年齢で、父の膝の上で無邪気にはしゃいで周囲を和ませる癒やし要員でしかない。

なんとも貧相な討伐隊だ。

「これでは山をスプーンで切り崩そうとしているのと変わらないわ」

思わず愚痴を言わずにはいられない。

唯一、立派なのは、家族がまとう狩猟用の衣装だけだ。

オリヴィアの丈の短い黒いジャケットは上質なウール製で、首を守るアスコットタイはなめらかなシルクが使用されている。丁寧になめされた革のブーツは艶やかな飴色で、乗馬用のサイドサドルのスカートも、リヴィングストン家の紋が織り込まれた特注品だ。

それら一式は、オリヴィアの祖父の代に仕立てられたものだ。

かつてリヴィングストンは狩猟に長けた一族だった。

王にその腕を買われて以来、長年に亘って王家に仕えてきた。その見返りとして子爵位と、この広大な狩猟用の森と小さな村のある封土をいただいたのだった。

しかし祖父は年を経るごとに森の獣を慈しむようになった。ある日ついに王に対し、獣を犬に嚙み殺させる残酷な遊びより、もっと森を愛でたほうがいいのでは……などと進言したせいで王の不興を買うこととなる。

王族の狩猟には莫大な費用が必要だ。数年も王からそっぽを向かれれば、子爵程度の財力では、狩猟に必要な多くの家畜や雇い人を維持することは不可能だ。

現当主のオリヴィアの父は祖父の気質をさらにまろやかにした人で、軍人として戦果を上げることもできず、押しに弱くて商才もない。

優しさは金にならない世の中だ。農耕に適さない土地がほとんどのリヴィングストン家は、没落するいっぽうだ。

オリヴィアが物心ついたころにはすでに屋敷の手入れもままならず、大事な狩猟用の犬や鷹もほとんど手放してしまっていた。

「こんなにいい狩り場なのに、王から見放されたというだけで誰も来ないなんて」

オリヴィアは、目の前に広がる広大な領地を見渡した。起伏に富む丘陵地の向こうに見える豊かな森と大きな湖は秋の色に染まって美しい。

気まぐれに、湖のまわりをいきいきと走りまわり、獲物を追い詰める王家の狩猟隊を想像してみる。風のように走る数十頭の立派なハウンドを率いて、艶やかな栗毛の馬の背に乗る王の緋色のコートがひるがえり、金色の胸飾りが晴れた日の光のもとにきらきらと輝いている……。

「栄光の日々は遠いわね」

肩を落としてオリヴィアは現状を見つめた。

かつての生活がしのばれるのは、立派な狩猟用の衣装や古びた道具程度だ。

使用人は年老いた執事とその妻のメイド長。料理人は彼らの娘夫婦、そして孫のマリーゴールドしかいない。

彼らは働き者で、誠実に仕えてくれているのが幸いだった。

しかし、と、オリヴィアは、小さなマリーゴールドを盗み見て、胸を痛める。

屋敷の使用人たちにすら、繕った着物しか着せてあげられないなんて情けない。

バターたっぷりのパンやクリーム山盛りのケーキを毎日食べさせて、年頃の子供らしい、愛らしい服を着せてあげられたら、どんなにいいか。

とはいうものの、オリヴィア自身も食事は自ら野山で獲ってきた兎と野菜くずのスープくらいしか口にできていない。

優しい父は領民が飢えないようにと、できるだけ地代の取り立てを抑えているからなおさらなのだった。このままでは今年の冬はどうなってしまうのか……。

「だめよ、オリヴィア」

どんどん後ろ向きになる思考をあわてて振り払う。

「とにかく、今やれることをやるまでだわ」

オリヴィアは毅然たる態度で胸を張り、馬の手綱を握り直す。

オリヴィアは両親から、いくら貧しくとも決して誇りを失わず、つねに聡明で礼儀正しく、領民から尊敬される人間であるようにと躾けられてきた。

傾く家をどうにか支えるために、母は隣の領地まで家庭教師をしに、父は頼まれればどこへでも、美術品の鑑定をしに出向く。

それでもできる限り領地の視察は欠かさず、領民たちの訴えにはすべて耳を傾け、オリヴィアたちの教育にも手を抜かなかった。

オリヴィアよりもよっぽど大変そうなのに、一度も弱音を吐いたことがない。

領主の娘たるもの、たとえドレスがほつれていようとも気品のある立ちふるまいを心がけ、いくら腹が空いていようともさらに貧しい人々のことを気遣える、美しく気高い心を保たなければならない。

かつてオリヴィアは母に、どうしてそんなふうに毎日気を張っていられるのかと、尋ねたことがある。すると彼女はにっこりとして『それは自分を大事にしているからよ』と答えた。

納得のいかないオリヴィアに、母は続けた。

『私は誰からも尊敬されるべき人間だと自負しています。ですから、皆の注目に値する人間でいられるように自分を律することが、自分を最も満足させることなのです。覚えておきなさい、オリヴィア。自分を大事にして、自分を好きでいられる人間だけが、他人を愛することができるのですからね』

それはまだ幼かったオリヴィアには難しい教えだったけれど、素直な彼女は、その言葉をつねに心にとどめていた。

そうして十九歳になったオリヴィアはようやく、当時の母の言葉が自分の血となり肉となりつつあるのを実感しつつあった。それを誇らしく思っている。

だから空腹など些細なことだ。リヴィングストン家の長女として恥じぬよう、洗練されたふるまいを心がけよう。どんな状況でも、自信と誇りを失ってはならない。

そう、オリヴィアは自分に言い聞かせた。

「マリーゴールド、なにか気配があったらすぐに合図を……」

気を引き締めて森を睨みつけると、突如角笛が鳴り、森の奥から小山のような塊が飛び出してきた。

「イノシシだ！」

合図を送る暇もなかった。

森の側にいた村人が叫ぶとあたりは騒然となる。

それは十頭余りの大きなイノシシの群れだった。彼らは人間に臆しもせずに走りまわり、いくら物音をたてても逃げ出そうとしなかった。

特に群れを率いる一頭は、オリヴィアが見たこともないほど巨大だった。普通のイノシシの倍はあろうかという体高だ。

「きゃー！」

「落ち着いて、マリーゴールド」

オリヴィアは、パニックを起こすマリーゴールドをかばって馬で前に出る。

幸い風は凪いでおり、小高い丘の上にいるオリヴィアには地の利があった。

彼女は呼吸を整えて、弓をつがえた。イノシシは充分に射程距離内だ。

ぐっと引き絞って放つと、矢はうなりをあげて風を切り、見事な放物線を描いて標的の背に突き刺さった。

「やった！」

思わず歓声をあげたのもつかのまだ。

矢を受けたはずの大イノシシはよろめきもせずに、こちらに向き直る。

ふうふうと鼻息荒く地面をかき、興奮のためか、毛を逆立てている。

「なんだかすごく怒っていません……？」

怯えるマリーゴールドの声を合図に、大イノシシは土をはね上げ、おそろしい速度でこちらに突進をはじめた。

「こっちに来ますよ！」

人々は恐慌をきたしながらスキやクワを投げたり、矢を放ったりしたが、イノシシは速度をゆるめない。興奮に目を血走らせ、確実にオリヴィアに向かっている。

「逃げて！」

オリヴィアはマリーゴールドに声をかけて、再度、弓をつがえた。

先ほどの攻撃で、こんな弓矢でどうにかなる相手ではないと理解はしていても、彼女は引き下がれなかった。

　オリヴィアの背後には、領民たちが精魂込めて作った作物の実る畑があるのだ。それをこの獣に、何年も荒らされてきた。

　今年も被害にあえば、来年はこの土地を捨てなければいけなくなるかもしれない。だから、絶対に逃げたくなかった。

　狙いを定めて引き絞る、そして矢を放つ。鏃(やじり)は正確にイノシシの眉間にあたったが、なにごともなかったようにはね返されてしまう。

「きゃ」

　イノシシの勢いに、オリヴィアの馬が怯んだ。

　後ろ足で大きく立ち上がったせいで、オリヴィアは振り落とされてしまう。

「バウウ！」

「ヴィクター！」

　ヴィクターが倒れた彼女の前に立ちふさがる。彼はかつての勇猛さを思い出したように毅然としていたが、オリヴィアは、あの頼もしかった犬はこんなにも老いて縮んでしまったのかと悲しくなった。

　このままではヴィクターはイノシシの牙の餌食だ。

「だめよ！」

オリヴィアはヴィクターに覆いかぶさって愛犬をかばった。

そしてイノシシの鋭い牙に貫かれる覚悟をした。きっとおそろしく痛く苦しいだろう。

そんな想像にいっそ気絶したくなって、ぎゅっと目を閉じる。

刹那、空気を鋭く切る音がした。

「？」

オリヴィアが目をあけると、ちょうど頭上から降ってきた槍が、イノシシの脇腹に突き刺さったところだった。

驚くオリヴィアの目の前で、イノシシはわずかによろけながらも、いまだ攻撃を諦めてはいない。

けれど数歩も前に進まぬうちに、オリヴィアの背後から馬が飛び出した。

突然の敵の登場に小まわりの利かない巨体が怯んだタイミングで、馬上で銀色の閃光が走る。

息をつく暇もなかった。オリヴィアの目の前で、イノシシは頭部を剣で差し貫かれ、地面に膝をついた。

「……」

怒涛の展開に呆然としているオリヴィアのまわりで、歓声があがる。

「かかれ！」

朗々とかけ声が響くのと同時に、四方から騎馬隊が現れた。

「今日の飯はイノシシの丸焼きだ！」

十数名ほどの小隊だったが、彼らは巨大な弓と槍を持ち、驚くほど強かった。

鋭く磨かれた槍が、次々にイノシシたちの心臓を差し貫き仕留めていく。

たちまちのうちに、動くイノシシは一頭たりともいなくなってしまった。

「……どちらからの方なのかしら」

いまだに状況が把握できずに座り込んだままのオリヴィアの前に、ぽくぽくと馬がやってくる。

「お嬢さん、お怪我はありませんか？」

彼は下馬すると帽子を軽く持ち上げてオリヴィアに挨拶した。

男の髪は真っ白だったが、体は逞しく、背筋もしゃんと伸びている。

「これはすごい大物ですな」

笑い皺を深めて、反応しないオリヴィアの側に横たわる大イノシシを覗き込む。

「お嬢さん？」

手を差し伸べてくる男に、オリヴィアはようやく我に返った。

「失礼いたしました。ありがとうございます」

立ち上がると、オリヴィアは礼を尽くしたお辞儀をする。

「助けていただいてありがとうございます。あなた様方は、どちらからお越しなのでしょうか」

「そうかしこまらなくても大丈夫ですよ」

老人は、優しくオリヴィアをなだめた。

「国境での戦帰りに、大イノシシの噂を聞きましてね。団長がどうしても寄りたいと聞かないので小隊を連れてやってきたのです。いやあ、こんなに素晴らしい狩り場があったとは存じませんでした」

「この土地は、昔は王族の方が、狩猟によくいらしてくださっていたのです」

老人の柔らかな物言いに、オリヴィアはようやく安心して、微笑みを浮かべた。

そのとき、こちらに一人の騎士が近づいてきた。

「グレアム、俺はここを気に入ったぞ。また来よう」

張りのある声に、オリヴィアは自然とそちらに目が引き寄せられて、息をのんだ。

そこには艶やかな白馬に騎乗した、立派な騎士がいた。

彼は明らかにほかの人とは違う存在感を放っている。

その胸にある紋章に気づき、オリヴィアはあわてて跪いた。

「ご無礼を」

それは王家の紋章だった。

「そういうのはやめろ」

ぶっきらぼうな声で吐き捨てられて、オリヴィアはびっくりして顔を上げた。

そんな粗雑な物言いをされたのは初めてだった。呆然としたオリヴィアの前で、光のような金髪が揺れている。

大理石のようになめらかな肌と、高い鼻梁、そして作り物めいて整った高貴な顔立ち。

「お前はここの領主の娘か？」

尊大な物言いすら、極上のサファイヤかくやにきらめく双眸の前には取るに足らない。

「はい……」

この世のものとは思えぬほどの美しさに、オリヴィアは圧倒された。

「ふん、度胸と弓の腕は褒めてやる。兵に勧誘して鍛えてやろうと思ったのに女とは残念だ。それにしてもお前、貧相な胸だな」

だからそんな暴言を吐かれたときですら、オリヴィアはしばらくその台詞の意味を理解できなかった。

「……は？　今、なんと？」

数呼吸分遅れて尋ねるオリヴィアに、その美しい男はいかにも面倒そうに顔をしかめ、はっきりと繰り返した。

「胸が貧相だと言ったんだ。もっと食って肉をつけろ。背中と胸の見分けがつかんぞ」

「……」

あまりの言いように硬直したままのオリヴィアを置いて、男は言いたいことを言ったから気がすんだとばかりに、手綱を引いてさっさと立ち去っていく。

「今日はイノシシ料理だ！　もちろん食わせてくれるよな！」

「ギルバート閣下!!」

彼の声が遠ざかってからしばらくして、ようやくオリヴィアはわなわなと震えはじめた。

様子のおかしい主人が心配なヴィクターをなだめる余裕もなく、オリヴィアは叫ぶ。

「なんなのよ！　あの男!!」

第二章　騎士団長の本性

騎士団長の名前はギルバート・グリーンフィールド。

ローレンシア王国の第三王子であり、齢(よわい)二十三歳にして数々の戦果を打ち立てた英雄だ。

若い豹を思わせるしなやかな四肢に、豊かなプラチナブロンド。

その面には深い海のごとき神秘的なブルーアイズがはめ込まれ、いかにも王族の血統らしい高貴な細い顎と通った鼻筋は、見事に均整が取れている。

まるで地上に降りた天使様のようだと噂されるほどの美貌と強さをあわせ持つ人物だ。

……と、評判を聞けば、神の最高傑作もかくやの完全無欠の人間を思い浮かべるだろうが、現在オリヴィアの前にいる男はただ顔がいいだけの無法者だった。

騎士団をもてなすために、リヴィングストン家は全力で晩餐の用意をした。

地下貯蔵庫の奥底に眠る秘蔵のぶどう酒の樽とともに用意するのは、先ほど仕留めたばかりのイノシシをメインにした心づくしの料理だ。

貴重な香辛料を惜しみなく使用し、庭で採取したてのハーブとスパイス、ありったけの野菜で彩り豊かに飾りつける。

薄切りにして甘酸っぱく煮込んだロースはサラダに乗せて、骨付き肉のグリルはベリーのソースとともに山盛りに。スープは肉がほろほろになるまで煮込み、丁寧にひいたバラ肉は美しいきつね色のパイ包みになった。

デザートには林檎のケーキとマルメロのシロップ煮。

それらをどっさり家宝の大皿に載せて、毎日執事が心を込めて磨いている銀食器に真っ白なナプキンを添えてセッティングする。

母の自慢の庭から薔薇の花を摘んで部屋中に飾り、屋敷中から集めた蠟燭をシャンデリアに灯す。

豪勢に装飾された食卓に、オリヴィアは胸をときめかせた。

準備に沸き立つ大広間は、まるで百年の眠りから目覚めたように生き生きとしていた。

大理石の暖炉ではぱちぱちと炎が踊り、マホガニーの手すりに彫られた女神も微笑んで見える。

けれどその感動も、食事がはじまる前までのことだ。

オリヴィアの目の前で、騎士団長のギルバートはテーブルに足を乗せて背もたれにだらしなく寄りかかり、部下たちと大声で下品な冗談を言いながら、ぶどう酒を水のようにがぶ飲みしている。

我々がもてなしているのは、騎士ではなく山賊なのでは？とオリヴィアは何度も自分の目を疑った。

「閣下、せめて前を向いて食べてください」

「固いこと言うなよグレアム。ひさびさの屋内だぜ。くつろいでもいいだろう」

目付け役らしき老人……先ほど、オリヴィアに話しかけてくれた、グレアムと呼ばれていた騎士だ……が、逐一注意をしているのだが、ギルバートはまったく聞く耳を持たない。それどころか注意されればされるほど、おもしろがって姿勢を崩していく有様だ。

団長がそんな調子とくれば、部下の騎士たちは言うまでもない。

騎士団にはいる資格があるのは上流階級の子息のみのはずだが、大口をあけて笑い、フォークの先で歯をほじくって、挙げ句には席を立って踊りだす者もいる状況でそれを信じるのは難しい。

「閣下、食べながらお喋りにはならないように」

「あー、はいはい」

うるさそうに鼻を鳴らしたギルバートが、食べ終えたイノシシの骨を、わざと遠い場所

に放り投げると、それを犬たちが取り合って大騒ぎをはじめてしまう。

ギルバートの印象は、オリヴィアの中で、毎秒ごとに最悪を更新していく。

「山賊、なんて言ったら山賊さんに失礼ね。野蛮人かしら」

あまりの暴挙に、オリヴィアはもうほとんど我慢の限界だった。

「お母様、ご覧になって？　肉もケーキも手摑みだわ。喉を鳴らしてぶどう酒を飲まれているし、ぶどうの種も皮も床に吐き捨てているのよ。私、我慢ならないの」

たまりかねて注意しようと腰を浮かしたオリヴィアの腕を、彼女の隣に腰掛けていた母親が軽く叩く。

「オリヴィア、客人を悪く言ってはいけません。失礼のないようになさい」

母は涼しい顔をして食事を続けながら小声でオリヴィアをたしなめた。

「失礼なのはあちらだと思うのですが」

いつもは作法に厳しい母親にまさか止められるとは思わず、オリヴィアは口元にナプキンをあてるふりをしつつ、ひそひそと抗議する。

「確かに私も、お客様には心地よくしていただきたいですが、限度があります……このままでは我が家が壊されてしまいそうです」

訴えながら、ちらりとギルバートのほうを盗み見る。

いつも大事に手入れをしている大事なカトラリーが乱雑に扱われ、テーブルクロスもこぼれたソースでドロドロだ。

乱雑な扱いに、自分が傷つけられているように胸が痛む。

「あの食器は、屋敷の皆が代々守り抜いてきたものです、あんなふうに、粗雑に扱われていいものではありません」

決然として、オリヴィアは母に訴えた。

「確かにあの方々がいらしてくださらなかったら、今日の狩りは惨憺たる有様だったでしょう」

ついでに先ほどの狩りの場で、ギルバートに男かと思ったと言われたことまで思い出して、オリヴィアは怒りのあまり身震いした。

「騎士団長様は、私たちの領地を狩り場として気に入ったご様子です。またいらしていただけるように、心づくしのもてなしには私も賛成です。だからといって、このような無作法を見ないふりをするわけにはいけません。これは我々に対する侮辱です」

早口での訴えにも、オリヴィアの母は眉ひとつ動かさず、微笑みを浮かべたまま、静かに頷くのみだった。

「気持ちは理解しています。しかし、あなたが閣下に直接話すことはなりません」

「いかなるときにも誇りを失わぬようにと、教えてくださったのは母上ですよ？」

「問題はそこではないのですよ」

来客向けの微笑を絶やさぬまま、母は続けた。

「ギルバート閣下は勇猛果敢な英雄です。国民にも人気が高く人望もあります。ですが同時に、一度馬から下りれば粗暴で手がつけられない人物としても有名です」

「だからこそ」

反論しようとしたオリヴィアを、母親はわずかな目配せで押しとどめる。

「閣下は女癖が悪うございます。あなたのような年頃の娘は近づいてはなりません」

「ですが」

「こんな噂があります」

母は優雅に微笑みを浮かべたままオリヴィアに語る。

「王国騎士団は王都への帰還のたびに凱旋パレードを行います。そのさい通りに押し寄せる若い女性をお見定めになり、夜這いなさるとか」

「えっ平民のもとにですか？　ギルバート閣下は王族ですよね？」

あまりの所業にオリヴィアは小さな悲鳴を抑え込む。

「権力者ゆえの傲慢さというものなのでしょうかね」

筋肉質のイノシシ肉のグリルを、整然と切り分けながら母親は続ける。

「市井の娼館にも頻繁に顔を出されると伺っております。英雄色を好むと申しますが、数人でお楽しみなさるのだと……」

「……」

あまりのことに、オリヴィアのカトラリーを持つ手が凍ってしまった。

オリヴィアは勉強熱心だが領地から一度も出たことのない、いわゆる箱入りだった。

もちろん異性と関わることもなく清く正しく生きてきた。

そんな彼女にとって、ギルバートの噂は刺激が強すぎた。そんな放埒な人物と同じ席についていることすらおぞましく感じられる。

母の言うとおりだ。近寄っただけで穢れそうだ。

「目に余る言動はさすがの王族でもかばいきれないほどだそうです。王室も手を替え品を替え、マナーの講師をつけて矯正しようと努力されているそうですが今のところ効果はなく、もはや悪魔つきかと頭を抱えておられるそうです」

「……天は二物をあの方にお与えになったようですが、その代償も大きかったのですね」

そんなに厄介な人物なのかと震え上がりつつも、オリヴィアは怖いもの見たさでギルバートをこっそり観察する。

彼は相変わらずの調子で、手摑みで肉にかぶりつき、部下の下品な踊りに口の奥まで見えるほど大口をあけて笑っている。

大きなハウンドを何頭も足元にはべらせて、屈強な部下たちを顎で使う。

人並み外れた美しい容姿もあいまって、まるで地獄の様相だ。

天使ではなく、堕天使だというのなら納得がいく。

「恵まれたお方でしょうに、残念ですわね」

母親もわずかばかり、上品なため息をついた。

「品格さえお持ちになれば、ギルバート閣下は我が国をより豊かにするでしょうに」

ほとんど独り事が漏れたかのような囁きだった。

「ギルバート閣下は戦に強く、聡明で、下々の者まで大事になさるそうです。あなたのお父様と同じように、一人も飢える者のいない国を造ろうと尽力なさっています」

「そうなのですか」

確かにギルバートは、先代の王に見放されたこの領地に忌避なく足を踏み入れて、助けてくれた。先入観のない人間なのだろう。

「素晴らしい志のあるお方です。それなのに、あのおふるまいだけですべてを台無しになさって……王族の方にこのような表現は憚られますが、歯がゆく感じてしまいます」

思わず漏れた、といったふうの母の本音に、オリヴィアは天啓のように閃いた。

そうだ、マナー講師になろう。

これは、王家に恩を売るチャンスだ。

オリヴィアは、礼儀作法だけは誰にも負けないという自負があった。

幼いころから両親に上流階級の所作を学び、彼らの娘として恥じぬようにと努力を重ねてきたのだ。

挨拶はもちろん、食事に、会話、手紙の書き方、服の選び方まで、上流階級を生き抜くためのあらゆる礼儀作法を習得している。

都で新しいマナーブックが出版されたと耳にすれば、できるだけ手に入れて、隅々まで読み込み、研究に打ち込んだ。

最近は弟への手ほどきもはじめた。両親からも教え方が上手だと褒められている。弟本人には、いちいち細かすぎると不評だけれど。

ゆくゆくは母のように家庭教師になって、国中の令嬢の社交界デビューをサポートするのが夢だった。

自分ほどの情熱と能力があれば、きっとこの目の前の横暴極まる第三王子を、変えられるはずだ。

ほとんど根拠のない自信だったが、オリヴィアは奮い立った。

この第三王子を見事矯正できれば、王族からの覚えもよくなり、リヴィングストン家はふたたび王家の信頼を勝ち取れるだろう。

いつも毅然とふるまうオリヴィアの両親が、かつて話して聞かせてくれた王都での日々を、オリヴィアは覚えている。

春の王都は社交の季節だ。

二月の議会招集からはじまるシーズンは、五月の初旬にピークを迎える。

祖父の時代以前は、リヴィングストン家は二月になると領地を離れ、王都のタウンハウスで数ヶ月を過ごしていたそうだ。

都では毎夜のごとく、あらゆる場所で贅を尽くしたパーティーが開催される。

上流階級の人々は一日に三度着替える。昼は美術鑑賞や、クリケットや競馬といったスポーツ観戦を楽しみ、お茶の時間は毎日違う友人の屋敷でもてなされる。夜はとびきり着飾って素晴らしい正餐会や華やかな舞踏会に出かけた。

『ある年の舞踏会は私にとって特別だったわ』

結婚記念日の夜になるとオリヴィアの母はうっとりと遠い目で子供たちに語って聞かせていた。

広大な庭には等身大の彫刻が据え置かれ、手入れされた木々は迷路のように入り組んで、どこまでも続いていた。

薔薇でできた大きなアーチを潜って馬車を降りると、色大理石のエントランスが出迎えてくれる。ドレスを軽くつまんで階段を上り、素晴らしい絵画がところ狭しと飾られた廊下を抜けると、そこには華やかなダンスホールが広がっているのだ。

壁際では飴色の楽器を手にしたオーケストラの面々が美しい音楽を奏でている。

星の数ほどの蠟燭を灯されたクリスタルシャンデリアのあかりのもと、きらびやかに着飾った美しい人々がくるくると踊る。

庭までも光は漏れていて、夜風にあたりながら、皆はテラスでシャンパンをかかげ、夜空に上がる花火に歓声をあげる。

グラスの音、談笑のさざめきが、音楽の合間に寄せては返す波のように聞こえてくる。

『そんな夢のような世界で、私はあなたのお父様に出会ったのよ』

まるで当時に戻ったかのように、目を潤ませ追想する母の表情を、オリヴィアは忘れられなかった。

オリヴィア自身は贅沢とは無縁に育ってきたので、ぴんとこないままだったが、当時の母たちはきっと、そんな華やかな生活が、永遠に続くと信じていたのだろう。

いつか両親を、かつてのような裕福な生活に戻してあげたいと思う。

そして、今こそ親孝行のチャンスだ。

よし、と心を決めて顔を上げると、タイミングよく、ギルバートと目が合った。

「……」

「……」

しばし睨み合っていると、ギルバートがふっと鼻で笑い、ぱちりとウインクして、キスするように唇を尖らせてくる。

「……!!」

ぞぞぞぞ、とオリヴィアの背中に悪寒が走る。

なに、あの男、私を馬鹿にして!

ふたたびオリヴィアの腹に、ふつふつと、怒りが湧き上がる。

もう二度と我が家で無礼を働かないよう、あの男を教育してやるのだ。

第三章　オリヴィアの策略

「こんばんは。先ほどはありがとうございました」

晩餐のあと、オリヴィアは父に頼んでグレアムに紹介してもらった。とっておきのドレスに身を包んで、優雅に礼をして微笑みかけると、グレアムは最初誰かわからなかったようだった。

「ああ、あなたは、リヴィングストン嬢でしたか」

そう言ってごまかすように微笑んだ。きっと弓ひとつで大イノシシに立ち向かおうとしていた昼間のオリヴィアと、今の華奢な面影が重ならなかったのだろう。

「お怪我もないようでなによりです。あのように見事な獲物を我々が横取りしてしまって申し訳ない」

優しい調子で返されて、オリヴィアは笑みを深める。グレアムならば、自分の話をちゃんと聞いてくれそうだ。

「いえ、皆様は私の命の恩人です。このように辺鄙な場所にまで、ご足労いただけただけでも僥倖というもの。王都の騎士様にお会いできるなんて思ってもみませんでした」

「こちらこそ、素晴らしい晩餐まで用意していただけて幸いでした。なにせ長い遠征だったもので、あやうく野の獣と変わらない有様になるところでした」

グレアムは少々自虐的に肩をすくめた。きっとギルバートのふるまいを申し訳なく思いつつも、主人の悪口を言うわけにもいかず、いたたまれなくなっているのだろう。

オリヴィアは彼を慰めようと、小鳥のさえずりめいた軽やかさで続けた。

「ふふ。皆様が人並み外れてお強いものですから驚きました。悪夢のごときイノシシの襲撃が、皆様のご登場で劇的にひっくり返りましたもの。騎士団長様が見事な槍のひと突きで巨大な獲物の息の根を止めるさまなど、神話の世界に迷い込んでしまったのかと見まごうほどの迫力でしたわ」

「ギルバート閣下は戦闘において稀有な才能をお持ちです。指導者としての能力も高く、若くして閣下が騎士団長となられてから、我が騎士団は敗退したことがございません」

苦情ではなかったことにほっとした様子でグレアムの表情がほころんだ。

「このようにお強い騎士様方に我が国を守っていただけて、心強いです」

よくよく持ち上げておいてから、彼女はわずかばかり声を落とす。

「それで、皆様はこちらに、いつごろまで滞在できますの？」

「あわただしくて申し訳ないが、明日には出発しなければならないのです」

「そうですか。それは残念です」

いかにも心残りだと含みを持たせつつ、オリヴィアはグレアムを見上げる。

「私の双子の兄、オスカーが、王都近くの街まで出張中で、ご挨拶がかないませんの」

「そうなのですか、それは残念なことです」

「本当に。兄は騎士様のような力強さこそありませんが、私の自慢ですから」

そこで口元を扇で隠して目を伏せる。

「兄のオスカーは年齢こそ私と同じですが、思慮深く、品格があります」

「ほう、それは素晴らしい兄上殿に恵まれましたな」

興味をそそられた様子のグレアムに、オリヴィアはしめしめと思う。

「実は、お恥ずかしながら私は幼いころ、子鬼と呼ばれるほどのお転婆だったのです」

「とてもそうは思えませんが」

もちろんだ。オリヴィアは心の中でグレアムに言い返す。

オリヴィアは物心ついたころから従順で、手のかからない子だった。

けれどそんな自尊心はおくびにも出さず、しずしずと続ける。

「幼いころから聡明だった兄は、いつもナニーから逃げ出す私を根気強く追いかけて、立派なレディになれるようにと心をくだいてくれました。兄の指導はどこまでも真心がこもって、熱心で、利かん気の強い子供だった私の心にも届きました」

そう言って、いま一度、オリヴィアはたおやかな会釈をしてみせる。

「現在の私が騎士様を前に、レディとしてご挨拶ができるのは、ひとえに兄のおかげです。ですから、できれば私の兄のことも、記憶のはしにでもとどめていただければと、不躾を承知でお願いにあがりました」

「もちろんですとも」

グレアムは素直に感嘆した様子で何度も頷いてみせた。

「そこまで丁寧にお願いされて、オスカー殿に会わないわけにはいかないでしょう。オスカー殿は王都近くの街に長く逗留するのですか？」

「いいえ、短期で家庭教師をしているので、それが終われば家に戻るはずです」

「それはちょうどいい。ちょうどギルバート閣下の新しいマナー講師が見つかるまで、私は城にとどまる予定です。まだあてもないのでしばらくかかりそうですから、興味があれば帰りがけにでも顔を出すようお伝えください」

「ありがとうございます、兄も喜ぶでしょう……あの、それで、そのマナー講師の面接を兄も受けることは可能なのでしょうか」

「ええ、もちろんです。ただし、容易い仕事ではありませんが」

グレアムは苦いものを味わうように自分の主人をちらりと見やる。

「ギルバート閣下は心根の優しいよい方なのですが、頑固なところがおありでね」

「大丈夫です。なにせ兄は、物心つく前からお転婆の私の面倒を見てきたのですから。頑固な人間に付き合うのは得意かと」

期待どおりの展開に、はやる気持ちを抑えてオリヴィアは慎重に言葉を紡いでいく。

「兄の名前はオスカー・リヴィングストン。年齢は十九になります。私に似て、見かけは頼りないのですが、芯が強く教え方のうまい若者です。どうか彼をギルバート閣下にご紹介くださいませ」

礼を尽くして願い出れば、グレアムはしっかりと請け合ってくれた。

「もちろんです。私が一筆したためましょう。年下のほうが閣下も受け入れやすいかもしれません。今までの講師は年寄りで閣下の逃げ足に追いつけない方ばかりでしたから」

「必ず兄を王都に伺わせます」

食い気味に言うと、グレアムはあわてた調子で付け足した。

「ただし、来ていただいても徒労に終わる覚悟はしておいてください。なにせ閣下は好き嫌いが激しいものですから」

「構いません」

このチャンスを逃がすまいと、オリヴィアは胸を張って頷いた。

「グレアム様も、どうか兄とお会いになってください。きっと気に入っていただけると思うのです」

「もちろん、来ていただけるほうが、こちらとしてはありがたいです」

ぐいぐいくるオリヴィアに若干怯みつつも、グレアムは微笑を絶やさなかった。

「立派なレディのあなたがそれほど慕うお兄様なら期待できそうです」

「ありがとうございます！」

目を輝かせ、扇の柄を握りしめて礼を告げる。

これで第一段階は成功だ。


「まあ、それは素晴らしいことだわ」

騎士団が屋敷から去ったあと、オリヴィアがグレアムからの紹介状を両親に見せると二人は手を合わせて喜んだ。

「ほんのお手伝いのお仕事みたいなのだけれど、グレアム様が私を気に入ってくださったようで、お城でお仕事がいただけそうなのよ」

嘘はついていない範疇で、慎み深くオリヴィアは説明する。

「充分よ。よかったわね、オリヴィア。王都は素晴らしいところよ」

母親は彼女の手を両手でしっかりと包んで目を潤ませる。

父もまた、彼女の肩にそっと手を置く。

「お前はもう十九になるのに家がこの有様で、年頃の娘にするようなことをひとつもしてやれなかったのに、いつのまにか立派になって」

「そんなことはないわ、お父様。お父様が私をちゃんと育ててくれたおかげでお城に行けるのだから」

「そう言ってくれると救われるよ。こちらのことは気にせずに楽しんでおいで」

残念ながらレディとして行くわけではないのだけれど、と心の中で謝りながらも、オリヴィアは彼らを心配させないように明るくふるまった。

「男装してギルバート閣下のマナー講師になろうと思うの」

そして本当のことは、相談相手の老メイド長のディジーにだけ打ち明けた。

「……両親には反対されるだろうから、手伝いのお仕事とだけ言ってあるわ」

「懸命な判断ですわ、お嬢様。私はお嬢様が男装すると聞いただけで心臓が止まりそうになりましたもの」

事実卒倒寸前とばかりに額に手をあててよろよろと椅子に腰掛けながらも、ディジーは気丈にオリヴィアを見上げた。

「本気なのですか」

「ええ、もちろんよ」

迷いなくきっぱりと、オリヴィアは答えた。

「私が立派にギルバート閣下を教育できれば、きっと褒美もたくさんいただけるでしょう。国王からのリヴィングストン家への心象もよくなって、両親もマナー講師として王都に呼ばれるようになるかもしれないわ。そうしたらあなたたちにも、もっと豊かな生活をさせてあげられる。お屋敷の雨漏りも修理できるし、毎日ふわふわのパンが食べられるわよ」

「ですがお嬢様」

「私はやせっぽちで可愛くはないし、愛嬌もいまいちだけど、礼儀作法だけはきちんと教えてもらっているから、自信があるの。自分を試すいい機会よ」

「ですがお嬢様」

「なんで男装するかって？　騎士団長は女癖が悪いの。盛りのついたケダモノみたいだそうよ。でも男になっておけば安全でしょ。心配いらないわ。最近も男として見間違われたところなのだから。この髪をさっぱりさせたら、きっと女だなんて気づかれないわ」

自虐的に宣言して、腰まで届く豊かな栗色の髪を、ふわりと揺らしてみせる。

「ねえ、お願い、あなたの協力が必要なの。私、どうしてもこのチャンスを逃したくないのよ」

お願い！と両手を組んで頼むオリヴィアを前に、老メイド長はしばらく難しい顔で固まっていたものの、自分の主人がまったく諦めるつもりがないなら、手伝ったほうがましだと判断したようだった。

「わかりました。協力しましょう。髪は切らずかつらにしてくださいませ」

やれやれと重々しい調子でため息をつきつつも了承してくれた。

「ありがとう！」

はしゃいで手を握ってくるオリヴィアに、ディジーは釘を刺すのを忘れない。

「ですがお嬢様、男として生活するのは並大抵の努力ではありませんよ」

そんなわけで、次の夜より、オリヴィアはディジーの助けを借りて、秘密裏に男になる準備をはじめた。

まずは、家族の居室からなるべく離れた、今は使われてない部屋に、道具を揃える。

「いいですか、お嬢様。男というのはこういうふうに、ガニ股で歩きます。腕はこんな感じに軽く振ってください」

ディジーがのっしのっしと、極端に腹を突き出した歩き方をするからオリヴィアは思わずふき出してしまう。

「お父様はそんなに滑稽な歩き方をしているかしら」

「これは大げさですが、殿方というのはここに棒きれをぶら下げているものですからね。女のように内股では歩けないのですよ」

ディジーが股間に手をやるものだから、オリヴィアは『まあ！』と顔を赤らめた。

「これしきで赤面してはいけませんよ」

ぴしゃりと、ディジーが言う。

「男というのはプライドを大事にしますからね。人前でやすやすと感情をむき出しにするのは恥にあたります」

「男の人って大変なのね」

「お嬢様はこれから当事者になるのですから、心してくださいませ」

　ディジーはまず彼女を下着姿にすると、胸の下に詰め物を施し、上から包帯を巻いて固定する。

「動き辛いかもしれませんがこれで胴体に厚みが出ます。ちょうどこれから冬ですし、暖も取れて一石二鳥でしょう」

　腰のほうにまでたっぷり綿を詰められたのは、少し不満だった。細い腰は豊かな髪の次にオリヴィアの自慢だったのに。

　その上から、父の若いころの服を合わせる。そのままだとさすがに大きいが、ディジーが手早く仮縫いをして寸法を合わせてくれる。

「それから、かつらは似た色の髪のものがありましたので」

　差し出されたのは、オリヴィアの艶のある栗毛には及びもつかない、年季がはいってぱさついた茶色の髪が縫いつけられたかつらだったが、しぶしぶそれを装着する。

「かつらは自分の髪で作りたいわ。ちょうど伸びすぎて重くなってきたところだし」

「だめです、せっかくそこまで伸ばされた髪を切るのは勿体のうございます。それにそんな綺麗な髪では美少年すぎて目立ってしまいます」

「ディジー、私は王都に行くのよ。都会の人は皆、きっと私より豪華で綺麗な格好をしているわ。みすぼらしいと目立ってしまう」

「なにをおっしゃいます。お嬢様がみすぼらしいなんてことありますか。いいからこの格好でさっきのように歩いてみてくださいな」

「……本当にこんな格好で往来を歩かないといけないのかしら」

オリヴィアは、目の前の鏡にうつし出された自分の姿にショックを受けた。

鏡の向こうにいるのはまるで別人だった。

服に着られているように細く、ちんちくりんの哀れな若者といった感じだ。

「服はもうちょっときちんと仕立て直しますね」

さすがのディジーも、慰める口調に変わる。

「ちょっと変ですが、貴族のお嬢様には見えないでしょう?」

「……まあ、それはそのとおりだけれど」

仕方がない、これで行くしかないのだと、オリヴィアは腹をくくった。

「私はオスカー・リヴィングストンと申します。お見知りおきを」

「もっと低い声で喋れますか」

「あー」

「もっと」

「あ〜〜〜」

精一杯低い声を出して、つま先を外側に向けて歩き、男っぽい言動に慣れるまでにはそれから一週間ほどかかった。

しっかり詰め物をして、仕立て上がった服をまとうと、頼りなさそうな青年程度には変身できていると思う。

「それから、どうかうちの子を目付け役として連れていってください」

そう言って、ディジーはマリーゴールドを連れてきた。

「お嬢様、私に秘密を作るなんてひどいじゃないですか」

ここ数日放っておかれていたマリーゴールドはすっかりへそを曲げつつも、オリヴィアの側に寄ってきた。

「それに、どうしてそんな滑稽な格好でいらっしゃるの？　せめてその無残なかつらをどうにかされたほうがいいと思います」

マリーゴールドの容赦ない指摘に、オリヴィアは苦笑いしつつ彼女の頭を撫でる。

「ディジー、王都は危険なところよ、マリーゴールドには早いんじゃないかしら。かつらのほうは私もマリーゴールドと同意見」

「大丈夫です、私は孫を信用しています。お嬢様一人よりかはましでしょう」

ディジーは涼しい顔で主人の提案を却下する。

「できることなら私が同行したいのですが、いかんせん老いすぎておりますし、こちらの仕事をおろそかにするわけにはいきません。マリーゴールドは年齢によらずしっかり者で力持ちです。団長は手癖こそ悪いですが子供にはとても優しいそうですから、きっと、孫はお嬢様の助けになるでしょう」

「お嬢様、私を連れていってください。私はいつでもお嬢様のお役に立ってきたでしょう?」

「まあ、マリー」

丸い顔の少女に、子犬のように可愛く見上げられると、オリヴィアはこの可愛い侍女を手放せなくなる。

「わかったわ、どうか私を助けてね」

とうとう折れて、マリーゴールドの手をぎゅっと握ると、彼女は顔いっぱいの笑みを作ってオリヴィアに抱きついてきた。

マリーゴールドがいれば、王都でも寂しくはないだろう。こんな幼い子供を連れて知らない場所に行くとなると、いよいよ責任重大だ。

けれど、同時にわくわくしていた。

新しい生活が、とても楽しみだった。

第四章　王都に出発

　オリヴィアは両親に見送られて屋敷を出たあと、ディジーの手引きでこっそり屋敷に戻って男に変装した。

　綿を詰めたインナーで体形を隠し、白いシャツに合わせたアスコットタイを首元まできっちり結んで喉仏がないことを悟られないようにする。かつらはディジーをなんとか説得して、オリヴィアの髪を使った綺麗な栗色の巻き毛のものを新調した。

　パンツと揃いのウールのジャケットを着込んで、ブーツをはけば、そろそろ見慣れてきた『オスカー』の姿が鏡に現れる。

「なかなか堂に入ってきましたね」

「ふふ、私もやればできるのよ」

　ディジーにおだてられて、ちょっとばかり自信をつけたオリヴィアは、マリーゴールドと最小限の荷物とともに馬車に乗り込んで、王都セリシアを目指した。

「王都が楽しみですね、見たこともないほど華やかな街なのでしょう？」

道中、深い森や寂しい荒野を抜けるたびに浮かぶ不安は、お喋りなマリーゴールドが癒やしてくれる。

しかもマリーゴールドは勤勉で、一日中馬に揺られていても、宿に着けば疲れも見せずにてきぱきとオリヴィアの世話を焼いてくれるのだ。

こういうときオリヴィアは、傾きかけた貴族の娘といえども、使用人と比べれば相当に甘やかされて育っていることを痛感する。

オリヴィアは働いた経験がない。労働といえば弟のマナーレッスンを時折受け持ったり、狩りをしたり、厨房を手伝う程度だ。

それでも裕福な家の令嬢よりは働き者だとは思うが、こんなことで大丈夫かと今さらながら不安になる。

しかしもはや後戻りはできない。王都に着けば、マリーゴールドたちに負けないように努力して、自分の力で家を立て直すことをがむしゃらに目指すだけだ。

「私はやりますわよ！」

「お嬢様？」

ぐっと拳を固めて決意を新たにする主人を、マリーゴールドは不思議そうに見上げていた。

王都へは、家からまっすぐ西に向かい、湖ぞいに進んで大きな山をふたつ越えればたどり着く。

そんなふうに大雑把に描かれた地図でも、セリシアは無事に見つけられた。

「あれが王都ね」

山の頂上から見下ろせば、目的の都市は、まるで金色の毛皮に埋もれて輝く王冠のようだった。

中央にそびえる大きな城を囲むように家々が立ち並び、その外周は、豊かに穂を垂れる小麦の畑が広がっている。四方へ伸びる道には、今もたくさんの荷物を載せた行商人たちの一団が長い列をなしている。

「なんて美しいんでしょう。あそこには神様が住んでいるんじゃないかしら」

王都の壮大さに、オリヴィアは感嘆のため息をつく。

「お気持ちはわかりますがお嬢様、そのような言葉遣いはこれからは禁止です」

マリーゴールドがぴしゃりと忠告してくる。

「ええ……こほん、うむ、そうだったね、マリーゴールド」

オリヴィアは、咳払いをして背筋をぴんと伸ばした。

「なんといっても、私は誇り高きリヴィングストン家の長男、オスカー・リヴィングストンだからな」

自分に言い聞かせるように、少々芝居がかった調子で、オリヴィアは宣言した。

「いいか、我々の使命は、ギルバート閣下を更生させて王家に気に入られて、ゆくゆくは家を立て直すことだ」

「素晴らしい野望ですわ、お嬢様」

「マリーゴールド、私に向かってお嬢様はないんじゃないのか」

「あら、失礼、オスカー坊ちゃま」

澄ました顔で言い直して、マリーゴールドはにこりとする。

「いざ、出陣ですわね」

「厳しい道になるだろうが、力を合わせて頑張ろう！」

そう言って、二人で顔を見合わせて、ふき出した。

王都セリシアは、オリヴィアの想像を遥かに超えた賑やかさだった。

広い通りはどこも人でいっぱいで、あらゆる言語が耳に流れ込んでくる。

どの家の窓にも花が飾ってあるし、どの店先にも豊富な商品が並んでおり、街全体がカラフルだ。

森と空しかない場所で育ったオリヴィアは、その情報量の多さに、すでに目をまわしそうだ。

「今日はお祭りの日なのかしら、いや、なのかね、マリーゴールド」

「いいえ、きっとこれが王都の日常なのですわ、オスカー坊ちゃま」

そのうえ、道はとても入り組んでいる。慣れない環境に、オリヴィアは馬車を降りたとたんに方向感覚を失ってしまった。

「あの、お城までの道はこちらで合っていますか？」

ほうほうの体で、近くの飲食店の主人らしき人物に道を尋ねると、彼はきょとんとしてオリヴィアを眺めた。

「おや、王都は初めてなのかい？　嘆願書なら、あそこの箱に入れておけば、昼頃には回収してもらえるよ」

「いいえ、私はお城へ面接に伺う予定でして」

「へえ」

　オリヴィアの台詞に、彼の目がキラリと光った。

「君の格好からすると、騎士志願というふうでもないけれど」

「ええ、そうです。私はギルバート閣下のマナー講師に応募するために山を越えてここまで来ました」

「マナー講師！」

　急に大声を出すと彼は周囲に呼びかけた。

「おーい！　皆、二十八人目のマナー講師候補が来たぞ！」

　その呼び声に、店内の視線がいっせいに集まってくる。

「なんだって？　騎士団長様は先日帰ってきたばかりじゃないか？」

「まさかこの子かい」

「今回はずいぶん若いじゃないか」

　あっというまにオリヴィアはわらわらと店の客に囲まれてしまった。

「あの……？」

　状況がわからず、マリーゴールドの手をぎゅっと握って後ずさるオリヴィアの肩を、店の主人はいい笑顔でぽんと叩いた。

「来週になってもクビにならなかったらうちに報告してくれ。食事をご馳走してやるよ」

「だったら私は、十日経過しても追放されていなかったら、最高にうまいパイを奢ってあげるよ」

そう言って、彼の隣にいたパン屋の夫人らしき女性が右手をあげる。

「俺は半月続いたら、ぶどう酒を一瓶、アンタ名義でこの店に入れておくよ」

「じゃあ俺はそれに合うチーズを見繕ってやろうかな」

行きずりの行商人らしき男性まで声をかけてくる。

なにごとかとオロオロしているオリヴィアに、店の主人が、いい笑顔のままで道を教えてくれる。

「城はここの道の突きあたりの坂道をまっすぐ上がればいい」

急に張りきりだした街の人たちも次々にオリヴィアの背中や肩を叩いて送り出してくれる。

「頑張れよ！」

「最初が肝心だからな！」

「辛いことがあったら相談に乗るから！」

口々の声援にオリヴィアは目を白黒させながらも城を目指した。

「マナー講師が長持ちしたら、お祭りでもあるのかしら……？」

城の入り口には、巨大で厳重な門がそびえていた。

「わ……これが王様の住まわれているお城なのですか」

マリーゴールドすらぽかんと口をあけるほどの迫力に、オリヴィアは早くも緊張してきた。

「本当に通してもらえるのかしら……」

けれど、おどおどと門番に紹介状を手渡すと、彼らはグレアムの署名を目にしただけで拍子抜けするほど快くオリヴィアに対応してくれる。

「話はグレアム様から伺っているよ。マナー講師にしてはずいぶん若いんだな」

「はい、若いほうが邪険に扱われないかもしれないと、グレアム様が推薦してくださいました」

「はは。そうかもしれない。ギルバート閣下は自分より弱い者にはお優しい」

「今までの最長は一ヶ月だ。頑張れよ」

ここでも親切な調子ではげまされて簡単に通される。

貿易の盛んな都市のせいか、それとも国自体が豊かなせいか、皆のおおらかさにオリヴィアはなんだか調子が狂ってしまった。

それにしても、歴代のマナー講師が皆、一ヶ月も持たなかったというのが冗談でないのなら、たとえ採用されたとしても、続けるのはかなりの難関なのだろう。

不安になりつつも、王宮に足を踏み入れたものの、内部のあまりの壮麗さにオリヴィアは一瞬で心を奪われた。

天井は霞みがかるほど高く、窓には緻密な模様のステンドグラスがはめ込まれている。立派な大理石の柱とふかふかの絨毯がどこまでも続いていて、まったくの別世界だ。

こんな場所に、自分のような者がいていいのだろうか。

待合室にマリーゴールドを待機させ、落ち着かない心持ちで広間で待っていると、やがて見知った老人が現れた。

「やあ、君が、リヴィングストン嬢の双子のお兄さんかい。彼女とそっくりだね」

グレアムは先日と同じような人あたりのよい雰囲気でオリヴィアを迎えてくれた。

「グレアム様。初めてお目にかかります。オスカーと申します」

彼の変わらない様子にほっとしながら、オリヴィアは極力涼やかな調子で胸に手をあてて、丁寧に貴族式の挨拶をした。

なにごとも第一印象は大事だ。

オリヴィアの優雅な所作に、グレアムはその白くふわふわした髭の下に、満足げな笑みを浮かべた。

「なるほどリヴィングストン嬢のご紹介どおりの方のようだ」

「おそれ入ります」

幸いにもグレアムは、目の前の青年がオリヴィアの男装した姿だとは気づいていない様子だ。

ほっとしているオリヴィアと肩を並べ、グレアムが宿舎の道順を説明してくれる。

「部屋に荷物を運び終えたら、ここに戻ってきてくれ。王族棟にあるギルバート閣下の部屋に案内しよう。君はまず三日間、閣下についてまわってもらえるだろうか。もちろんその間の給料は出る」

「……面接はないのですか?」

いきなりの任務指示にオリヴィアは目を丸くする。今日は挨拶程度かと思っていたのでなんの準備もできていない。

「いや、あまりにも講師が続かないのでね、とにかく出自のはっきりしている応募者は、全員採用することにしているのだ。せっかく来てもらったのに、戻りの旅費も渡せないまま城を追い出すのはあまりにも心苦しいからね」

「なるほど、そういうことですか」

もしかしてひと目で気に入ってもらえたのか？と期待していたオリヴィアは内心がっかりした。

だが最低でも帰るための費用がもらえるのはありがたい。

オリヴィアはマリーゴールドとともに、指示された部屋に荷物を運んだ。

部屋は城の敷地内にある、共同棟内にあてがわれていた。建物は大きく、一階には共同の台所と、王族に仕える者のための食堂がある。

用意されたのは二階の部屋で、寝室とリビング、使用人のための続き部屋という間取りだ。小さいながらも暖炉もついておりなかなか快適そうだ。ちゃんと鍵のかけられる部屋だったので、性別を隠し続けることもできるだろう。

「よし、頑張るんだぞ、オスカー」

オリヴィアは身支度をすると、鏡の前で、しっかりと気合を入れ直した。

これから、あの悪魔のような第三王子に会いに行くのだから。

グレアムと簡単な契約を取り交わしたあと、オリヴィアはマナー講師のしるしとしての記章を与えられた。これを胸につけている限り、オリヴィアはギルバートの行く場所のほとんどに同行することができる。

「少なくとも三日間は、いくらギルバート閣下が解雇を宣言しようとも、私の権限でクビにはならない。気を楽にしてくれ」

「頑張ります」

騎士団長にクビだと言われ続けながら仕事をこなさないといけないのなら、全然気を楽にできないのですが。

内心言い返しつつも、オリヴィアは笑顔で頷いた。

「閣下ももう二十三歳になられます。民衆への覚えはよいのだが、素行の悪さのせいでいまだ舞踏会への参加もかなわぬ状態だ。いつまでも第三王子のみを特別扱いするわけにもいかず、せめて来年の社交シーズンまでには、挨拶や食事のマナーなど、最低限でも、正餐会に参加できる程度には仕上げておきたい」

「そうですか」

「なので、契約期間は最長で、来年の社交シーズンがピークを迎える五月、この城館で行われる舞踏会の開催日までとさせてもらう」

「かしこまりました」

人あたりのよい笑顔を保ちつつも、グレアムの口調には苦々しさが滲んでいた。きっと心の内では、長年付き従っている王子の態度を自分の力ではどうにも修正することのできない不甲斐なさと、王子の将来への心配でいっぱいなのだろう。

「お力になれるよう私も力を尽くします」

オリヴィアの中で、ギルバートの印象は最悪だったが、グレアムのことはなんとなく祖父に雰囲気が似ていて好感を持っていたので、心から彼の役に立ちたいと思った。

「年下の講師は君が初めてだ。君は熱心そうだし、今度はうまくいくかもしれないと、私も期待しているよ」

「それは光栄です」

王族に仕える老騎士だけあって、グレアムはぴんと胸を張ってまっすぐに歩く。その歩調は老人とは思えないほど力強く美しい。

ガニ股で歩く訓練なんて、必要なかったんじゃないかしら?

オリヴィアはディジーを恨めしく思いつつ、できるだけグレアムに倣って、小走りでついていった。

「ギルバート閣下」

ある部屋のドアをあけると、グレアムは張りのある声を響かせる。

「新しいマナー講師を連れてきました」

「えっ」

グレアムに急に背中を押されて、オリヴィアはよろめきながら部屋にはいってしまい、目の前に広がる驚くべき光景に立ちすくむこととなった。

「チッ、まだ諦めていなかったのかよ」

部屋の中には、金色に輝く天使がいた。

天使は素足で、肩まで垂れる髪もそのままに、ゆったりとした衣装でソファに寝そべっていた。

周囲にはいくつもの書類が山積みにされている。

明らかに最悪な格好でどうやら公務をしている様子なのだが、あまりに絵画じみて完璧なので、オリヴィアも最初はその行儀の悪さに気づかないほどだった。

金髪の天使は、気だるそうに顔を上げて、グレアムを睨みつける。

「まったく、こりもせずにまた雇ったのか」

「閣下が次々にクビにしなければこちらも助かるのですがね」

「あの、初めてお目にかかります」

自己紹介しようとしたところで、ようやくオリヴィアに顔を向けたギルバートが目を丸くする。

「とうとうこんな乳くさい若造にまで俺にマナーを教えさせようってわけ？」

「オスカー・リヴィングストンです。以後お見知りおきを」

失礼な表現にむっとしつつも、オリヴィアはきちんと腰を折って、深い敬意をあらわす挨拶をしてみせる。

「はー、しかもこんな頼りないガリガリのやつを？」

「ギルバート閣下、まずはきちんと服を着てください」

暴言には耳を貸さず、オリヴィアはさっそくギルバートに注意する。

「お前、俺は第三王子だぞ」

「私はマナー講師として雇われています。着替えを手伝う者はいらっしゃいますか？」

「すまないが、閣下のお着替えを持ってきてもらえるか」

グレアムは使用人に呼びかけると、どこに控えていたのか従者がわらわらと衣服を持って現れる。

「では私はここで。オスカー殿、あとはお任せしましたよ」

彼らと入れかわりに、グレアムは軽く会釈して退出していった。

「ええ、大船に乗ったつもりでいらしてください！」

「おい、俺の許可はどこに行ったんだよ！」

「私はグレアム様に雇われているので」

澄ました顔で、オリヴィアはギルバートの抗議を受け流す。

ギルバートは不満そうにしながらも、とりあえず着替えには抵抗しなかった。

「閣下はご公務の最中でしたか」

「まーな。今日、城に届いた嘆願書を読んでいた」

「嘆願書を？　一日分なのですか？　ずいぶんな量なのですね」

「今日は少ないほうだな」

ギルバートはジャケットをはおり、やれやれとため息をつく。

「前は大臣に頼んでいたんだが、連中といったら必要ないと決めつけた手紙を勝手に捨てていたんでな。今年からは俺たち兄弟の中で、一番暇なやつが直接目を通すように変えたんだ。そうするとだいたい自動的に俺の部屋にやってくるわけだ」

ギルバートが民を大事にしているという噂は本当らしいと、オリヴィアは内心感心した。

けれど一番暇という発言は聞き捨てならない。

「閣下は暇なのですか？　騎士団長をなさっているのに？」

「ほかの連中が忙しすぎるんだ」

少々嫌味まじりに問いかけても、どこふく風だ。

「まさか公務をおサボりになられているわけではございませんよね？」

「俺は本当に必要だと思う案件だけを選ぶようにしている。くだらないお喋りで時間を無駄にするような集まりには出ない」

「人付き合いは政にとても大事なことでしょうに」

眉間に皺を寄せて咎めても、ギルバートは悪びれない。

「それに民からの手紙を読むのは楽しいからな。暇扱いされるのも悪くない。まあ、そういうことだ、じゃあな」

着替え終えたギルバートは、腰に剣を携えるとさっさと部屋を出ていこうとする。

「待ってください、どこに行かれるのですか？」

驚いたオリヴィアがまわり込んで抗議すると、ギルバートはふん、と鼻から息を漏らして、オリヴィアを冷たく見下ろす。

「お前が来たせいで書類仕事をする気が削がれた。まだ少し早いが、騎士団の打ち合い練習に行ってくる」

「だめですよ、閣下」

「指図するな、不愉快だ」

　空をはめ込んだような美しい青い目に睨まれて、オリヴィアは怯みそうになるのをぐっと堪えた。

「部屋にお戻りください」

　立ち去らずに再度訴えると、ギルバートは少し驚いた様子で目を見開く。

「お前、見かけよりも肝が据わっているな。嫌いじゃないぜ。強情さに免じて日が暮れたら帰ってやるよ」

「閣下」

　偉そうに言い置くと、ギルバートはオリヴィアをあっさり振り切って出ていってしまった。

　オリヴィアはその自由な後ろ姿に向かって、ため息をついた。

　確かにこれはなかなかの難題だ。


　それでもギルバートは約束どおり、日没とともに戻ってきた。

「まだいたのか」

そんな憎まれ口を叩きつつも、オリヴィアに従って、椅子に腰掛けてくれる。

約束を守ってくれるのは救いだ。

それに、ギルバートを待つ間、オリヴィアは授業の計画と必要な資材の用意もできたので、結果的によかったと自分を納得させた。

「閣下、まずは食事のマナーからはじめましょう」

オリヴィアはギルバートの横に立ち、空の皿と銀のカトラリーを並べてみせる。

「空の皿でなにをしようっていうんだ」

ギルバートは不機嫌そうに顎を引いて顔をしかめる。

「食事のマナーを学ぶだけなのですから料理は不要でしょう」

「料理もないのに食事の真似ごとをしろっていうのか？　そんなの道化のやることだろ。王族のやることじゃない」

「道化も立派な職業ですよ。それに、食事のマナーもわからない王族など、道化よりも滑稽ではないでしょうか」

「お前は生意気だな」

忌々しげにぎろりと睨まれて、びくりと身をすくめる。

ギルバートは顔立ちが整っているせいで、眉間に皺が刻まれるだけで迫力が出る。それにオリヴィアは誰かに睨まれたことなどなかったので、本当のところ、怖くてちょっと泣きそうだった。

しかし今は男としてここにいるので、容易く怯えるわけにはいかない。

「口が過ぎました。申し訳ありません……厳しいくらいに指導するように、とグレアム様に仰せつかっておりますので」

「ふうん。確かにグレアムなら言いそうだが、今までの講師は俺にもっと気を使ったぞ」

「それで解雇されているのなら、私は踏襲するべきではないでしょう」

「なかなか弁が立つじゃないか」

そう言いながらも、ギルバートは、じっとオリヴィアを見上げてくる。

「……前を向いてくれませんか?」

じろじろ眺められて、オリヴィアは居心地が悪くなる。

「俺は騎士でもあるからな、信用ならない相手からは視線を外さないようにと、訓練を受けている」

「昼間にお会いしたときは、閣下は私を見ても起き上がりすらされませんでしたが」

「それはお前がまだ、嘘をついていると気づかなかったからだ」

「嘘とは……?」

はっとしたときには遅く、オリヴィアは彼に手首を掴まれていた。

「な、なにをするんですか！」

強く引かれて、思わず高い悲鳴をあげそうになるのを必死で我慢する。

オリヴィアは足を踏みしめて抵抗しているはずなのに、ギルバートはまるでナプキンを膝に広げるくらいの容易さで、オリヴィアを膝の上に乗せてしまった。

「ひょろひょろだと思ってはいたが、案の定、ひ弱だな」

「や、やめてください！　悪ふざけが過ぎますよ！」

抗議もどこふく風のギルバートは、オリヴィアの両手を拘束してしまう。

オリヴィアがなんとか逃げ出そうと暴れても、ギルバートの大きく長い指は、びくともしなかった。

「ひ弱だからと私を馬鹿にされるのですか？　マナーを教えるのに、強さなど必要ないでしょう」

「そうだな、そのとおりだ」

ギルバートはまるで、猫が獲物をいたぶるような調子で続ける。

「だが、お前がその格好でいる必要もないんじゃないのか？」

当然といったふうに投げられた台詞に、オリヴィアは、はっと息を詰める。

「……なんの話ですか？」

「まさか、とぼけるのか？」

ギルバートが、悪魔じみた歪な笑みを浮かべる。そして嫌がるオリヴィアをぐっと抱き寄せて、とっておきの秘密を打ち明けるみたいに顔を寄せる。

「どうしてお前、男の格好をしているんだ？」

「……！」

ぞくぞくと背筋をかけ上がる悪寒に、オリヴィアは跳ね上がるようにしてもがいた。

「わ、私は男です！」

動揺して思わず高い声を出して、しまったと息をのむ。

「へえ、そうなのか？　ずいぶんと柔らかい男だな」

くすくす笑いながら、ギルバートはおもむろにオリヴィアの胸をわし摑んだ。

突然の暴挙に、オリヴィアは悲鳴すらあげられなかった。

「確かに年頃の女というには肉づきがよくないが」

ギルバートの大きな手は、綿で隠されていたオリヴィアの乳房を器用に探りあてて、小さな胸の尖りまで的確に摘んでみせる。

「余計なお世話です！」

屈辱と恥ずかしさで、顔が爆発しそうに熱を持つ。

「離してください！」

もはや品のよさなどかなぐり捨てて、オリヴィアは闇雲にもがいた。けれどギルバートの両腕の拘束は強まるばかりだ。

一見すればギルバートは、白鳥を思わせるすらりとした優雅さがあるのに、二の腕は鋼鉄かと思うほど硬くて、手のひらは分厚い。

まるで無力な虫の気分だと、オリヴィアは思う。圧倒的な力の差に、なすすべもなく弄ばれるばかりの。

「そんなに暴れるなよ、お前の言っていることが本当かどうか、確かめているだけだろう？」

「やめてください！」

「ほら、こっちもぺったんこだ」

「ヒッ！」

ギルバートはあろうことか、オリヴィアのボトムスの中にまで手を突っ込んできて、脚の間を手で摑んだ。

誰にも触れられたことのない場所を乱暴に揉まれて、オリヴィアはあまりのことに頭の

中が真っ白になる。

「おかしいな、男だと言うなら、ここにあるはずの棒と袋はどこにある？　いくら小さいといっても指で触ればわかるだろうに」

意地悪く耳元で囁きかけられて、絶望的な気持ちになる。

脚の間で、ねっとりと動く指先は、決して痛みを与えるものではなかった。けれど粘膜をまさぐるような動きを、オリヴィアのそこはひどく敏感に拾う。人さし指が彼女の割れ目をくすぐる小刻みな動きに、震えが走る。未知の感覚におそろしくなる。

「は、離して、ください」

動揺でうまく力がはいらない手で、オリヴィアは必死で引っかいて抵抗する。

「そんなひ弱な抵抗じゃ、まるで誘っているようだぞ……」

こすこすと指でしごくように割れ目の先端部分を擦られて、オリヴィアの腹の奥から、じんとした、奇妙な熱をはらむ痺れが湧き上がってくる。

「あっああ、だめです、そこは」

「ん？　そうか、可愛い声を出して。ここがいいのか？」

彼の太くかさついた指は、リズミカルにオリヴィアのそこを刺激する。

そのたびに、股間にせり上がってくるなにかがどんどん満ちてきて、ついに境界を越えた。

「い、いやっ……あっ！」

くる、と思ったとたんに、びくびく！と勝手に腰が震えて、じゅわっと熱いなにかが漏れた。

オリヴィアは目を見開いた。なにが起こったかわからず、呆然とする。それをギルバートがおもしろそうに眺めている。

「イッたのか……案外感じやすい……」

ふいにギルバートが、ぱっと拘束を外し、オリヴィアを解放した。

「クソ、興ざめだな」

ギルバートは、まだ彼の膝の上にへたり込んでいるオリヴィアの目元を乱暴に擦る。

オリヴィアはその指先が濡れていて、自分が泣いているのに初めて気づいた。

「……申し訳ありません、人前で泣くなど」

オリヴィアは頭を下げる。震えが止まらないせいで、もう低い声を偽ることもできなくて、絶望的な気持ちだった。

せめて三日間だけでも男と気づかれずに働けていたら、クビになったとしても穏便に終わっただろうに。

これでは自分は、ただ家族に迷惑をかけに来ただけのようなものだ。

「確かに私は男ではありません。騙して申し訳ありませんでした」

そう言うと、自然と目から涙があふれた。

こんなにすぐ、暴かれるなんて思いもしなかった。王族を騙した罪で罰せられてしまうだろうか。両親に孝行するつもりが逆効果だった。

せっかく王都まで来たのに、こんなことになるなんて。

オリヴィアは自分の愚かさを後悔して項垂れる。目を閉じるとますます悲しくなった。

男だとばれただけではない、ひどくプライベートな場所を触られて、あろうことかなにか……少し、漏らしてしまった気がする。

「……！！！！」

オリヴィアの涙腺が決壊し、ぼたぼたぼたっと大粒の涙がこぼれ落ちた。

と同時に、彼女の中でなにかがぷつんと切れた。

「ひどいですわ！　ギルバート閣下！」

わっ！と声をあげて泣き崩れながらオリヴィアは叫んだ。

「興ざめってなんですの⁉　私、あれほどやめてくださいとお願いしたのに！　ひどいです！」

「おい、ちょっと」

泣きじゃくりながら訴えると、ギルバートが怯んだ様子でオリヴィアを膝からどかす。

「なんですの、その反応！　さぞや私のことをみっともないとお思いなのでしょうね！」

オリヴィアは涙腺とともに、すっかり感情の制御が壊れてしまったようで、口が止まらない。

「それはもちろん、私はギルバート閣下のように美しくも高貴でもない、ただの世間知らずの田舎娘ではありますが」

「そこまでは言っていないが」

「それでも両親に愛され、周囲からは大事に育てられてきました。あなた様のように、私にひどいことをなさる方などいませんでした……あのように乱暴な行為なんて初めてで……だから私はそのせいで」

「お、おい」

ふたたびぶわっと涙がせり上がってきて、オリヴィアは顔を覆った。

「屈辱ですわ！　十九になって人前でお漏らしをするだなんて！」

「お漏らし？」

「子供のころから私は上品だと褒められていましたのに！」

涙があふれるままに訴えると、痺れを切らしたようにギルバートが声をあげた。

「わかった！　わかったから泣くな！」

「何がわかったというのですか！　面倒くさいとお思いなのでしょう⁉　さっさとこの場から消え去れとでもお思いなのでしょう？」

「落ち着け、とにかくお前をクビにはしない。面倒だとも消えろとも思ってない！」

意外な返事に、オリヴィアの涙がぴたりと止まる。

顔を上げると、ギルバートがきまり悪そうに顔をしかめていた。

「お前、どうせ俺が野蛮で、女性と見れば見境なく襲ってくると思って男装してきたんだろ。心配するな、俺にだって好みはある。お前みたいに貧相な女は趣味じゃない」

非常に失礼な話をしながらも、ちらりとオリヴィアを見てくる。

「俺だって講師として雇うのなら男がいい。貧相な女連れでうろついて、俺が貧乳好きだと勘違いされたらたまらんからな」

「二度も貧相と言いましたね」

思わずむっとしてオリヴィアは返す。

調子が戻りだしたオリヴィアに、ギルバートはにやりとする。

「お前は貧相な女だが、頑張りは認めてやろう。男としてなら雇ってやる」

お断りだ、と口先まで出たが、オリヴィアは堪えて口をつぐむ。

ここにいるのは自分のためではない、リヴィングストン家の繁栄の礎になるためだ。不満はハンカチで思い切りはなをかんで晴らすにとどめておこう。

「とにかくお前、男として雇われたいのなら、そんなにすぐにばれる風体じゃ失格だな。男としてのふるまいをもっと研究しろ。それからとにかく肉をつけろ。そんなにひょろひょろじゃあ、話にならん」

「ふるまい……なにをすればいいんでしょうか。私は充分練習してきたつもりです」

言い返すと、呆れたといったふうにギルバートが目元を指さしてみせる。

「まあ男だ女だ言う前に、その目の下のひどいくまをどうにかするのが先決だな。今夜はたっぷり眠って肉でも食って栄養をつけろ」

「だめです。雇っていただけるのならば、明日もマナーのレッスンをしなければ！」

「明日は休みだ。心配するな、小遣いは出す」

「そういうわけには……」

「俺に仕えるなら、王都をくまなく知っておくことは重要だぞ。俺は急に城から姿を消して街で遊んでいることもあるからな」

「勝手に出かけないでください」

「だからお前の明日の仕事は、観光を兼ねた王都の調査だ。ついでに気に入った店で、好きなものを買って、自分の好物を把握しろ。金は足りなかったら俺の名義でツケにしていい。どうせ田舎から出てきたところなんだろ……オリヴィア」

急に名を呼ばれて、オリヴィアはびっくりして目を丸くした。

「ギルバート閣下……どうして私の名前を？」

「そりゃ、つい最近会ったばかりだろうが。結構記憶力はいいほうだぜ」

「いえ、まさか私のようにあなたの興味のなさそうな人間まで覚えているとは」

「興味はある」

「えっ」

「あんないい狩り場を持った領主の娘だからな」

「……そうですね」

当然だろうと返されて、オリヴィアはがっくりと肩を落とす。

「それにしてもお前、よく王都までやってきたな。そんなに俺が恋しかったのか？」

「そんなわけがないでしょう！　家族の役に立ちたかったんです！」

「なんだ、そんな色気のない話なのか。つまらんな」

残念だ、とばかりに口を尖らせる。

「お前ももう大人の女なのだろう？　色気は無理でも可愛げくらい出してみろ」

「お断りです！」

本当は、ギルバートがオリヴィアを覚えている理由が、彼女自身に興味があったからだと言われるのを、少し期待したことは絶対に秘密にしようと思った。

第五章　想像以上の騎士団長

「えっ、もうクビになったのか？」

　翌日、マリーゴールドと連れ立って道を聞いた店を訪れると、店の主人は目を丸くして迎えてくれた。

「いいえ、違うんです。今日は王都を観光するようにとギルバート閣下に命じられて無理やり休暇を取らされました」

　苦笑いしつつ、オリヴィアは促されるままに店の椅子に腰掛けた。

「閣下の教育をするのなら、王都を知っておけと命じられまして」

「なるほどそうか。確かに今までのマナー講師は王都出身の連中ばかりだったからな」

「逃げたときに見つけられなくなるからだと、自らおっしゃっておりました」

「はは、ギルバート様らしいな」

「閣下らしいですましていいことでしょうか」

「まあまあ固いこと言うなって」

主人は朗らかに笑いながら、オリヴィアの前にナッツを差し出す。

「いちごはないのかしら、オスカー坊ちゃまはいちごがお好きなのよ」

マリーゴールドが店主に口を出す。

昨夜目を腫らして戻ってきたオリヴィアのことを心配しているのだろう。

ギルバートからたんまり届けられた今日の小遣いを、すべて使いきって主人を楽しませようと張りきっていた。

「いちごは残念ながら時期じゃないよ。干しぶどうはどうかな？」

「いいわね。真っ白なクリームもつけてくださる？」

「それは高級品だからなあ。カスタードでいいかい？」

なにもないのね、と言い出しそうになるマリーゴールドを、オリヴィアはあわてて押しとどめる。

「カスタード、いいですね。あと、パンとお茶をいただけますか？」

「はいよ。メインはなにがいい？　今日は兎とうずらとホロホロ鳥の入荷があるよ」

「うずらのローストなんてどうかしら。それからサラダもお願いね」

マリーゴールドが答えるのに、オリヴィアは続けた。

「それと、兎肉のパイとホロホロ鳥のシチューはできますか」

「できるよ」

「お嬢……オスカー坊ちゃま、そんなに食べられるのですか？」

ぎょっとするマリーゴールドに、オリヴィアは毅然として頷いた。

「ああ、私はたくさん食べないといけなくなってね。閣下にお前の貧相な体をなんとかしろと命令されたんだよ」

ギルバートのこちらを小馬鹿にしたような顔が脳裏に浮かんで、むっとする。

「それからパウンドケーキと果物の大盛りも。……あっ、頼みすぎでしょうか？」

「はは、たくさん食ってくれ、大歓迎だよ」

それから、と店長が、はげますように付け加えた。

「ギルバート様が観光してこいなんて世話を焼くってことは、お客さん、きっと気に入られたんだと思うぜ」

「そうだといいんですけど」

ため息をつきながらもオリヴィアはぐっと背を伸ばす。

朝、目覚めたオリヴィアは思ったよりも昨夜のことを引きずっていないことに気がついた。わずかな頭痛は残っているものの、子供のように大声で泣いて、不安や怒りや恥ずかしさといったマイナスの感情をあらかた洗い流してしまったのかもしれない。

泣き疲れて帰宅してすぐ、ぐっすり寝たこともあいまって、むしろいつもより気分がすっきりしているくらいだ。

人前で、しかも王族の前で大泣きするなんて、冷静に考えれば卒倒ものの失態だが、もはや大きな失態すぎて感覚が麻痺したのかもしれない。

とはいえ、くよくよしたって、もうどうにもならないのは確かだ。たとえ最悪の状況であっても、誇りを失わないこと。それが立派なレディたるものだ。

「ご主人も、私がここで長続きできるように応援してください」

「もちろん期待しているよ。俺はお客さんに一ヶ月で賭けているからな」

「賭け？」

オリヴィアが首をかしげると、店長は、おっと、とわざとらしくそっぽを向いて、そそくさと厨房に戻っていった。

一体なんだと困惑するオリヴィアのもとに、待っていましたとばかりに店の客が次々とやってくる。

「おう、兄ちゃんたち、無事に城に行けたようだな」

オリヴィアはそれが昨日もいた青年だと気づいて、にこりと会釈した。

「ええ、おかげさまで」

「お城の中、綺麗だったでしょう？　謁見の間にある素晴らしいタペストリーはご覧になった？」

　こちらは先日もいた、パン屋の夫人だ。

「いいえ、まだ」

「じゃあぜひ見ておいたほうがいいぜ。王都に住んでいたらお祭りの日には見られるが」

　そう続けた男は、おそらく初対面。

「お仕事は続けられそう？　辛くはない？」

　ふたたびパン屋の夫人が心配そうに尋ねてくる。

「ええ、今のところは、クビにされるまでは頑張っていきたいですね」

「いっぱい食って二ヶ月は続けてくれよ、ここの子羊のパテは絶品だから食ってみな。奢ってやるから」

　そう言ったのも初対面の男性で、オリヴィアが反応する前にさっさとオーダーを通している。

「あの、先ほどから皆さん、私の任期が気になっているようですが……一体どうしてなのでしょうか」

「なに、気にすんな。マナー講師が変わるたびに、いつまで続くかを皆で賭けているだけだからな」

「えっ。賭け⁉　だめですよ！」

勝手にそんなことをしないでほしいと抗議すると、まあまあと皆がなだめてくる。

「いいじゃねえか。この街が平和すぎるせいで俺たち娯楽に飢えているんだよ。ビールも奢ってやるから」

「ビールなんてどうでもいいです。よりにもよって王族の話題で賭けなんて」

「ギルバート様は気になさらないぜ。なんてったって最初にはじめたのはギルバート様ご本人だもの」

パン屋の夫人が笑って教えてくれる。

「えっ」

「最初はギルバート様が大勝ちしたけどさ、考えてみればギルバート様が自由にクビにできるんだから不平等だってことで抜けたけど、賭けは続けていいとお墨つきだ」

「…………」

絶句するオリヴィアのまわりで客たちは大盛り上がりだ。

「そうそう。今度こそ俺は勝つぜ！　俺なんかぶどう酒の樽三本も賭けているんだ。三ヶやがてテーブルに載せきれないほどに運ばれてきた料理に、オリヴィアは食べられるかしらとさすがに心配になった。

「お待たせ！　兎肉のパイだよ！」

割り込んできたのは昨日の行商人だ。

月以上は続けてくれよな」


「いやー。お兄さん見かけによらずいい食べっぷりだね」

知らないうちに賭けの対象にされていた不本意さもあいまって、オリヴィアがモリモリとやけ食いをしている間にも、店の客たちは遠慮なく話しかけてくる。

「ええ。ギルバート閣下から、もっと肉をつけろと命じられまして」

「珍しいわね、ギルバート様がマナー講師の容姿に口出しするなんて。きっと気に入られたのよ、あなた。確かにちょっと細いから、心配になるわよね」

親身に心配してくれるのはパン屋の夫人だ。

「気に入られてはいないと思います。ずいぶん私に対して……失礼ですし」

「確かに、細い腕ねえ。手首なんて私より華奢じゃない？」

夫人の隣にいた女友達に遠慮なく腕に触れられた瞬間、オリヴィアの脳裏に、昨日のギルバートの指の感触がフラッシュバックした。

大理石のように冷たく見えたのに、ギルバートの体はオリヴィアより温かかった。指先は硬く、分厚かった。そして、少しざらついていて……その指で、敏感な部分に触れられると……。

生々しく、昨夜の感覚を思い出してしまい、思わずオリヴィアは脚をすり合わせた。

じわ、と脚の間が、あのときのように熱くなった気がして動揺する。

ギルバートの熱く硬い指先に体の奥まった場所を擦られて、たまらずなにかを漏らしたあの瞬間が、いやおうなく脳裏に再生されてしまう。

それどころかギルバートの、オリヴィアの手首を掴む強さを思い出しただけで、また体の奥から熱いものが滲み出てきそうで、あわててフォークを置いて冷たい水を飲み干した。

「ギルバート様は、王族というには乱暴ですが、心根の優しい人なんですよ」

なおもギルバートの話を振ってくる彼女らに煽られて、オリヴィアは少々強い調子で反論した。

「そうでしょうか。私は、閣下のふるまいはずいぶん意地悪で強引だと思いましたが！傲慢で、人の話を聞かず、優しさはあまり感じませんでした」

「よしよし、お客さん、意地悪されたんだな。大丈夫だって、確かに悪戯が過ぎるところはおありになるからなあ。けど、本当に素敵な方で、皆大好きなんだ。疑うなら誰にでも聞いてみるといい」

「そうでしょうか、信じられません」

追加の皿を持ってきた主人がむきになって否定しているオリヴィアをいなすと、店の中の客に向かって大声で話しかけた。

「おーい皆、この新人のマナー講師に、ギルバート様の好きなところを教えてやってくれよ！」

「お安いご用さ」

いっせいに店内の客たちがざっと、我先にと挙手してみせる。

「まずギルバート様はとてもお強い！　指導力もあり策略家でもある。彼が指揮した戦は負けなしだ。精鋭の騎士団を連れていつも馬でかけまわって、この国を守ってくださっている！」

「強いだけじゃないんだぜ。なんと子供たちにも優しい！　うちのガキが、おそれ多くもギルバート様に抱っこをねだったときも、まるで当然みたいに肩に乗せてくださった」

「うちは女所帯なんだけどさ、この間の嵐のあと、部下を引き連れて、不都合はないかと訪ねてくださったわ。おまけに屋根の修理までしてくれたんだよ。ありがたいことよ」

「偉い王子様で、強い騎士団長様なのに、俺らにもとてもよくしてくださるよ。まるで親しい友人みたいに気さくに話しかけてこられて、うちの女房もあの天使の美貌に笑いかけられただけでメロメロだぜ」

「それに正義感も強いわ。ギルバート様が王都にいるときはすべての嘆願書に目を通してくれるのよ。困ったことがあれば必ず助けてくださるから、皆ギルバート様のご帰還を狙ってご相談のお手紙を書くの」

皆口々に、称賛の嵐。

それでも、オリヴィアはどうしても納得がいかなかった。

昨夜のギルバートは、オリヴィアがどんなにやめろと言っても手を外してはくれなかった。歯止めの利かない子供みたいに残酷で、意地悪な笑みしか見せてくれなかったのに。

「しかし失礼ながら、閣下のふるまいは、王族というよりも山賊のようではありませんか？」

オリヴィアが、反論を承知でそう口に出したが、意外にもそれについては皆が顔を合わせて、それはそう……と言葉を濁した。

「そうだなあ。俺たちには親しみやすい王子様だが、王様やお妃様やお城にとっては、問題児なんだろうな、と思うよ」

「口も悪いしなあ。貴族や王家の上品な娘さんたちは、ギルバート様を言葉の通じない狼のように感じてしまうかもしれない」

「ギルバート様は交遊関係もちょっと困ったところがあるね。特に北の街の、羽振りがいい貴族のお友達方を引き連れて街に遊びに来られるときは、そりゃ、ありがたいんだけどさ……」

言葉を濁した彼女が隣の仕事仲間らしき若い女性と目を合わせる。

「ギルバート様があちこちの土地から連れてくるお友達って、皆たくさんお金を落としてくれるから懐は潤うけれど、だいたいが団長に輪をかけて女癖が悪いのよ。特に、さっき言った北の貴族の方々はね、団長の見ていないところで私たちをいじめたり、店のものを壊すから困っているのよ」

「そんな乱暴者と付き合うだけでも問題でしょう」

オリヴィアは、眉間に皺を寄せて非難した。

「確かにそうよね。でも、ギルバート様の生い立ちを考えると、彼だけが悪いとも言いきれないいんだ」

オリヴィアをなだめるように、店の主人が、ギルバートの過去を話してくれた。

主人によると、幼少期のギルバートは、その美しさと聡明さで神の子ともてはやされていたそうだ。

生まれながらに周囲の人を虜にする魅力にあふれていたうえに、賢王と名高い先代に生きうつしだった。

誰にでも無邪気で優しく、すべての生き物を慈しみ、美しいボーイソプラノは天上の音楽のように澄んでいた。

ギルバートが十歳になるころには、彼に心酔するあまり、ギルバートを王に据えようとする動きが王都のあらゆる階級で頻発するようになった。

間が悪いことに、ギルバートの二人の兄は優しいが病弱だった。

ゆえに彼らを守る家臣たちは、ギルバートを王座にという動きに過敏だった。

ついに第三王子のギルバートを亡き者にしようと画策する集団まで現れはじめ、王都は緊迫した雰囲気に包まれていた。

国王は悩みに悩んだすえ、国の平穏と子供たちの安全をとり、ギルバートを秘密裏に王都から遠く離れた山奥の村に避難させることにした。

その村には、かつて王国を裏で支えていた秘密部隊の長であり、今は隠居している男が住んでいた。

その男は、老齢に差しかかった今でも剣一本で熊を倒すような屈強な人物だった。喧嘩っ早く頑固で融通は利かないが、裏表がない性格で、権力に見向きもしない。

ただ国王にだけは従い、深い忠誠を誓っていた。

国王にとって、彼は最も信頼できる人物であり、大事な息子を預けるのなら、彼しかいないと思ったのだ。

それは正しい判断だったが、完璧とは言えなかった。

男は根っからの戦士であり、山男だったのだ。

男のもとで、ギルバートは野山をかけまわり、男に師事して武術全般を学んだ。

十四歳になるころには男とともに、村の治安を守るためにゴロツキ連中と大立ちまわりを繰り広げ、幾晩もかけて山賊を追うようになっていた。

そして、王都の不穏分子がすべて投獄され、二十歳にしてようやく故郷に戻れるころには、ギルバートは誰よりも強い剣の腕と鋼の精神、そして、野生化すれすれの無作法を身につけていたらしい。

「ギルバート様は、おそらく、やむを得ない状況だったとはいえ、自分を捨てた王家よりも、自分を受け入れた国民たちを信頼しているのではないでしょうか」

主人はそう締めくくった。

「ギルバート様は頭の回転もよく、騎士としての能力も、指導者としての才能も充分おありなのに、なぜだか行儀作法だけは絶対に改善しないのは父王への反発で、たぶんわざとやっているんだ」

店内の客たちが、しんみりと同意の頷きをする。

「だから我々も、ギルバート様の交遊関係が多少乱れていても、決して嫌いにはなれないんだよ」

「そうだったのですか」

ギルバートの過去を知って、オリヴィアは少し彼の印象を見直した。

ギルバートが、オリヴィアに対してあんなふうに乱暴に接することしかできないのは、ちゃんと教育を受けていないからなのかもしれない。

オリヴィアの屋敷では、ときどき孤児を保護していた。

皆、教会で暮らす準備ができるまでの短い期間いただけだったが、幼いころ親を失った子供の中には、食器の扱い方や、字の読み書きも知らないし、盗みや暴力など、常識的にしてはならないことすら知らない子供もいた。

そんな孤児たちとコミュニケーションを取るのにはひと苦労だった。けれどオリヴィアは彼らを嫌ったことはなかった。教えてもらっていないのなら、知らないのは当然だと理解していたからだ。

ギルバートは、国民からの人望もあるし能力も高い。悪いのはマナーだけだ。

性格はいいのだろう。おそらく。オリヴィアがまだ知らないだけで。おそらく……。

少なくともギルバートが皆の言うような人格者なら、生活態度さえ改めれば評判のよくない悪友も離れていくはずだ。

皆のためにもギルバートを更生させるのは必要なこと。

そう思うと、オリヴィアの心の中にめらめらと使命感が燃え上がってきた。

「ご安心ください！　私がギルバート閣下を王族らしい男に仕上げてみせましょう！」

席を立ち、高らかに宣言する。

「ほどほどになー」

店の客たちは、お愛想程度にぱらぱらと拍手をしてくれるだけで、あまり期待してはいないようなので、オリヴィアはがっかりした。

皆の反応は、きっと今までも自分のようなマナー講師がたくさんいたせいだろう。

しかし自分は、そんな有象無象に埋もれるつもりはない。なにがなんでもやりとげられる、強い意志を持っている。

マナーとは、まず自分を敬い、自信を持つことから。

母親の教えを胸に刻んで、オリヴィアはギルバートと対峙する力を蓄えようと、カスタードのパイをたっぷりとフォークですくったのだった。

第六章　騎士団長との取引

騎士の剣はすらりと細い。銀の軌跡を描いてそれを振るう騎士たちの姿は優雅で美しいが、実際手にすると驚くほどの重量がある。

金属というのは重いものなのね、とオリヴィアは当然のことに感心しつつ、なんとか剣を正面に構えた。

「どうしたオスカー！　刃先が全然定まっていないぞ」

ギルバートがそう指摘してオリヴィアの剣の構えを正させる。

「オスカー、お前の目の前にそんなに震えるほど怖いものでもいるのか？」

「膝まで笑いはじめているぞ」

ギルバートの部下たちも、やんやとやじを飛ばしてくる。

「ほら、もっと足を広げて腰を落とせ！」

そう言ってギルバートは、人前だというのに、遠慮なくオリヴィアの足の間に剣を差し

入れてぐいぐいと足幅を広げさせる。

「ほら、ケツを突き出しすぎだ！」

おまけとばかりに、ぱん、と剣の側面で尻を叩くものだから、オリヴィアは悲鳴こそ堪えたものの、相手が騎士団長という立場も忘れて睨みつける。

「怒る余裕があるのならば、もっと腹に力を込めろ」

もちろん睨んだところでギルバートはまったく動じない。それどころかオリヴィアに顔を近づけて、今度は下腹部をぐっと押してくる。

「剣をまともに構えることすらできないんじゃ、先が思いやられるな」

さらに声をひそめて、オリヴィアにしか聞こえない囁き声で付け足した。

「ほら頑張れ。俺は別に今ここでこいつは男のふりをした女だと、皆にばらしてもいいんだぞ」

オリヴィアは歯を食いしばってそれを無視して、太い柄を握り直した。

まったくどうして私がこんなことまで。

内心の愚痴を押し込めて、腹に力を込めてオリヴィアはしっかりと足を踏ん張った。

時はさかのぼって、今朝のこと。

オリヴィアが王都に来て三日目だ。

昨日、休みを取らされた分、張りきって早朝から城を訪れたオリヴィアは、ギルバートの部屋の前で固まってしまった。

もちろんオリヴィアは仕事のために今からこのドアをノックしなければならないのは理解している。

しかしつい一昨日、オリヴィアはギルバートの前でみっともなく泣きじゃくったことに、今さらながら激しく気まずくなって逃げ出したい衝動に駆られていたのだ。

解雇はしないと、ギルバートは約束した。

だが自分のしたことは、よく考えたら泣き落としだったのではないだろうか。

意図してなかったとはいえ、結果的にだだをこねる子供みたいな真似をして職に縋りついてしまった。それで礼儀作法を指導するなど、偉そうなことができるのか……。

絶対に、ギルバートはそれをネタにオリヴィアをからかってくるだろう。やーい十九歳にもなって漏らして泣いて、恥ずかしいやつ！とかなんとか……。

ギルバートは見かけこそ立派な成人男子だが、中身は五歳児と変わらないところがあるから、それくらいのことはやりかねない。

屈辱だ。けれど立ち向かわなければならない。頑張れ、オリヴィア。

そんなことをぐるぐる考えていると、急に目の前のドアがあいて、不機嫌そうなギルバートが顔を出す。

「お前は、さっきから俺の部屋の前でなにをうなっているんだ?」

「おはようございます、閣下……これから、マナーのレッスンの時間です」

オリヴィアはぎくしゃくと笑顔を作ってみせたが、ギルバートはふん、と鼻から息を漏らしただけだ。

「朝から部屋にこもっておままごとレッスンなんか冗談じゃねえ。俺はこれから騎士団と剣術の訓練だ」

ギルバートは相変わらずだ。

「ですが、私をクビにしなかったのは閣下のご判断ですよ」

「じゃあ、日没後に出直せ」

面倒くさそうに頭をかいている。その態度は初めて会ったときと変わらない。ギルバートにとっては一昨日のオリヴィアとのやりとりなど、からかうネタにするほどの価値もないということか。

ほっとしたのは確かだが、それ以上にオリヴィアは悔しくなった。くよくよと悩んでいた自分が滑稽に感じられる。

「お待ちください！」

だからそのまま側を通り過ぎようとする背中に向かって、オリヴィアは声を張りあげた。

「そうやって毎日、私に仕事をさせないおつもりなのですか⁉」

眉を寄せて、腹に力を込めて睨みつけ、城中に言いふらすくらいのつもりで訴えると、ギルバートの足がぴたりと止まる。

「グレアム様に言いつけますからね！　私は報酬分の仕事をこなす責任がありますから！」

もう一言、と声を張りあげると、ついにギルバートがくるりと振り向いた。

「お前、結構声が出るな」

けれど彼が興味を持ったのはどうも内容ではないらしい。

「私の声量などどうでもいいですから、部屋に戻ってください」

呆れるオリヴィアをそっちのけで、ギルバートは、いいことを思いついたとばかりにぽん、と手を叩いた。

「そうだ、お前も訓練に参加しろ。そうしたらお前は昼間もずっと俺と一緒にいられるぞ。どうだ、嬉しいだろう」

「は？　嫌です」

予想外のことを言われて、オリヴィアはマナーも忘れて声を裏返らせてしまう。

ギルバートのほうは自分の思いつきがすっかり気に入った様子だった。

「一昨夜、俺は言っただろう、俺の側にいるのなら、もっと男らしく見えるように肉をつけて、力も強くなれと」

「ええ、伺いましたが」

「ならば、騎士の訓練は効率的に俺の望む男らしさのすべてを学ぶことができる。ちょうどいい。一緒に訓練しろ。俺が直々に教えてやる。楽しいぞ」

「レディが騎士の訓練なんて！」

とんでもない、と言い返すと、ギルバートはおもしろそうに笑う。

「お前は今男だろう」

「あ、そうでした……しかし」

さらなる抗議をしようとした瞬間、オリヴィアは母の教えを思い出して口をつぐんだ。

あれは母に、出かけるついでのお使いを頼んで、素っ気なく断られたことに、抗議したときだった。

母は毅然とした目つきでにこりともせずにオリヴィアをたしなめたものだった。

『オリヴィア、誰かに頼みごとをするときは、その要求が相手の立場からは、どう感じられるかをつねに想像しなさい。あなたは理不尽に断られたと感じていたとしても、向こうもまた、断るのが当然なほど、あなたの要求が横暴に感じたのかもしれませんよ。オリヴィア、怒る前に考えなさい。それでも納得いかないときは、当事者同士で話し合いなさい。あなたのその抗議は、正当なものですか？』

その後の母の説明により、オリヴィアが母に頼んだものは、母の目的地からは離れた売り場にしかなく、購入するのもずいぶん手間がかかると知った。

それを知らず、なんの気遣いもなくついでのように頼んだ娘の態度を、母は咎めたようだった。

『私はこうして説明しましたが、ほかの人が同じように断った理由を逐一教えてくれるとは限りません。だから気をつけて、相手の気持ちに寄り添いなさい』

オリヴィアは、こほりと咳払いをして、頭の中で母の言葉を反芻し、熱くなった頭を冷やす。

歩み寄りも交渉のうちだ。冷静なほうが有利にことを進められる。

「わかりました。私は閣下のお望みどおり、騎士の訓練を受けて、できるだけ男に見えるように練習しましょう。だから、閣下も私の授業を受けてください」

「俺と取引をするつもりか、生意気だな」

ふんとギルバートは鼻を鳴らしたが、案外まんざらでもない様子だ。

「いいだろう、お前が俺の命じた訓練をこなすことができればの話だが」

「わかりました」

そんな経緯で、オリヴィアは騎士の訓練に参加することとなった。


「心もとないな。振りかぶったとたんに後ろにひっくり返るぞ」

剣の構えの練習をはじめるやいなや、オリヴィアは周囲の騎士たちの格好のいじり対象となってしまった。

「そんな細い腕じゃ、フォークを持つのがせいぜいだろ」

「おい、オスカーはマナー講師だからな。ひょろひょろしているのは大目に見てやれよ」

ギルバートがフォローのような、とどめを刺すようなことを付け足してくる。

オリヴィアは心の内で、なんて失礼な連中なのでしょうと憤慨するものの、この騎士たちは皆一度剣を持つと、ニヤニヤしていた面をキリリと引き締めて、羽毛でも扱うように軽々と剣を扱うのだ。

その完璧に頼もしくて格好がよい身のこなしを見てしまうと、まったく言い返せなくなる。

剣を少し持つだけで膝が笑っているオリヴィアは、騎士団の中に放り込まれれば、それはもう鷲の群れに迷い込んだ雀のようなものだ。

ちょっかいをかけられるのはいたしかたなし、いじめられないだけましだと、納得せざるを得なかった。

訓練場に来たオリヴィアがギルバートに剣の構えの練習と素振りだけを命じられた当初は、その程度の訓練でいいなら楽勝だと思った。

騎士の過酷な訓練のことは田舎暮らしのオリヴィアだって知っている。簡単すぎて馬鹿にされているのではないかと疑ったほどだった。

しかし、いざ剣を持ってみると、オリヴィアはほんの数分で、その鉄の塊の重量に負けてほとんど立っているのがやっとの状態になってしまった。

ギルバートは別にオリヴィアを馬鹿にしたわけでも、簡単にできる訓練で許してくれたわけでもなかったのだ。

オリヴィアはつね日頃から馬を乗りまわし、弓矢をつがえて野兎を退治したり、調理場を手伝ってパン生地をこねたりといった労働をこなしていた。

そのため、同年代の令嬢よりは、かなり腕力はあるほうだと自負していた。

しかしそれは、日々鍛錬にはげむ騎士の筋力と比べれば赤ん坊も同然なのだ。

オリヴィアの体力への自信は早々に打ち砕かれてしまった。

そんなものだから基本の構えで静止するだけでも全身がぶるぶるしている。素振りなんて到底無理だ。

こんなにも力の差があったから、ギルバートはオリヴィアの必死の抵抗をかるがると片手で押さえ込めたのだと納得する。

ついでに、しっかり動きを封じられ、誰にも触れられたことのなかった場所を遠慮なくまさぐられたことまで思い出して、ぎくりとした。

正直に言えばオリヴィアは、ギルバートと二人きりになるのはまだ怖い。

別にギルバートに殴られたり叩かれたりしたわけでもないのに、一昨日のことを思い出しただけでとてもショックで、背筋にぞくぞくとした戦慄が走る。

いけない。

オリヴィアは奥歯をぐっと嚙みしめて、訓練に集中する。

怖がることはない。もう二度とあんなことをさせはしない。これから立派にレッスンをこなして、オリヴィアは玩具みたいに扱っていい人物ではないと、ギルバートにわからせてやるのだから。

王都に昼を告げる鐘が鳴り響き、ようやく訓練の時間が終わるころには、もはやオリヴィアの手足は鉛かというほどだるく、ちょっと歩くだけで骨と肉が分離してしまいそうなほどくたくただった。

それでもオリヴィアは気力で、ギルバートの部屋に赴いた。

そして、ソファで溶けた猫のようにだらけているギルバートの目の前で、テーブルクロスを整えてティーセットを用意し、ポットにお茶の葉を入れる。

「気が利くじゃないか、茶をいれるなど」

「いいえ、ギルバート閣下には、これからお茶の作法を学んでいただきます。先日は、空の皿では嫌だとおっしゃっていましたので、ちゃんと茶葉とお湯をご用意しましたよ」

「俺は訓練で疲れている。お前も少しは休憩したらどうだ」

「私はギルバート閣下のお命じになられたことをこなしました。ですから閣下も私のレッスンを受けてください」

「こなしたというほど立派にはできていないようだったが」

ギルバートはいかにも面倒だといった態度で体を起こしもしないが、オリヴィアはへこたれない。

「レディとして育てられた私にとって、人前で脚を大きく開いたり、大声を出すなどの行為を命じられるのは屈辱的でした。それでも、閣下に仕えるのに必要だと思ったから引き受けたのです。ですから閣下も、誠意を見せていただけないでしょうか」

「お前は本当に生意気だ」

目を細めて舌打ちされて、わずかに怯んだが、ここで引き下がるわけにはいかない。

「私は与えられた仕事を誠実に果たしたいだけです。閣下は、私の必死の努力よりも、下品にお茶を飲まれるほうが大事だとお思いなのですか？」

もうクビになってもいいくらいの覚悟で訴えると、ギルバートはため息をついた。

「誠意か」

「はい」

「それを言われると仕方がないな。お前には誠実でいたいからな」

答えるが早いかギルバートは立ち上がり、すんなりと椅子に腰掛けた。

「……えっ」

あまりの切り替えの早さに、オリヴィアはあっけにとられてしまう。

「お前に従ってやったのになんだその反応は。もっと喜んでみせろ」

「申し訳ありません」

硬直してろくに反応できないオリヴィアに、ギルバートは澄まし顔だ。

「まあいい、俺に茶の飲み方を教えるのだろう？　さっさとしろ」

「はい、ただいま」

急かされて、オリヴィアはあわててポットに湯を注ぐ。

「ではレッスンをはじめます」

「その前に」

そう言って、ギルバートが二度手を叩くと、部屋のドアが開いて料理が次々に運び込まれた。

「あの？」

どれも鮮やかで食欲をそそる皿の数々だ。けれど、オリヴィアは、ギルバートに約束を反故（ほご）にされたのかと愕然とした。

「心配するな、お前の授業は受ける。だが訓練で腹が空いたからな、食事を先にとる」

あまりの落ち込みに見かねた様子でギルバートは話しかけてくる。

「……本当ですか？」

「もちろんだ。ただし」

意味深長に、ギルバートがテーブルの向こうの席を指さす。

「お前も一緒に食え。今日は訓練にも参加したし、腹が減っているだろう。たくさん食え。食わずに働くからお前はそんなにガリガリなんだよ。目の前にある料理を平らげることができればレッスンを受けてやる」

「……わかりました」

サーモンのパイに鹿肉のシチュー、分厚いベーコン。ドライフルーツたっぷりのプディングとチーズの塊もある。

昨日やけ食いした量を上まわりそうだ。

けれど食べきらねばならない。オリヴィアは覚悟を決めて席についた。

「閣下は私を参考に、食事のマナーを学んでください。いただきます」

こんな子供じみたからかいに、負けるものかと宣言するオリヴィアに、ギルバートは満足そうだった。

そして一時間後、オリヴィアがきちんとマナーを守りながら完食すると、ギルバートは笑いながら手を叩いた。

「見事に食べきったな。その細っこい体によくそこまで詰め込めるな」

「約束ですから」

詰め物をしたお腹がひどく苦しかったが、オリヴィアはやせ我慢をした。

「ではお茶のレッスンをはじめますよ」

「……わかったよ」

ギルバートが目配せすると、使用人がいっせいに料理を下げて、きちんとティーセットをサーブしてくる。

「さあ、教えてくれ。オスカーさん」


背筋を伸ばして座り、ティーカップは片手で持ち、ハンドルには指を入れない。

まずはミルクを入れずに一口飲んで、香りを楽しむ。

ギルバートはあっけないほど簡単に、お茶の作法を習得してしまった。

紅茶が冷えてしまわぬうちに、ひとつの音もたてず優雅にお茶を飲むのもお手のものだ。

「完璧です。とても綺麗に飲めていますよ」

感心と呆れ半分でオリヴィアは彼を称賛した。

「そんなに容易くこなせるのなら、最初から素直に作法に従えばよろしいのに」

「こんな薄い小さなカップで鳥みたいにちびちび飲んで、馬鹿みたいだろうが」

「でもそのほうが、香りを楽しんでゆっくりリラックスできますでしょう。紅茶というのは嗜好品です。お茶のマナーはより美味しくいただくために研究された歴史ある芸術と言ってもいいかと私は思いますよ。楽器を美しく奏でるようなものです」

「なるほどねえ」

一度はじめると、ギルバートはオリヴィアの厳しく細かい指摘にも、ひとつの不満も漏らさずに従順だった。

おまけに自分が疑問に思ったことについての質問もとても細やかで的確だ。

やればできる、という言葉を贈るのにこれほどふさわしい人物はいないのではないかというほどに、理想的な生徒だった。

「では、この作法を毎日続けるようにしてください」

「わかった」

「本当ですか⁉」

あまりにも素直に従うので、オリヴィアは仰天して声をあげてしまった。

オリヴィアの反応に、ギルバートが不機嫌そうに目を眇める。

「なんだ、やれと言ったのはお前だろう」

「……失礼しました」

赤面してオリヴィアはうつむく。

「閣下があまりにも、先ほどまでとは違って、私の言葉をちゃんと受け止めてくださるものですから、戸惑ってしまいました」

「俺は気に食わないことはしない、だが約束は守る。いくら退屈な約束でもな。俺は誠実な男なのだ」

「素晴らしいことだと思います」

「もっと褒めていいんだぞ」

ギルバートは偉そうに言ったあと、急ににやりと、よくない感じに口角を上げる。

「けれど、ただ一方的に学ぶばかりでは、やはりつまらん。授業の後半は、俺がお前に教えてやろう」

「……結構です」

嫌な予感がして、オリヴィアは後ずさる。

「まあ遠慮するな。騎士団長が直々に教示してやるんだ。またとない機会だとは思わないか？」

剣の一閃のごとく無駄のない動きで、ギルバートが椅子から立ち上がる。

彼はオリヴィアよりも頭ひとつは大きくて、それだけで威圧される。

「一体なにをお企みなのですか」

それでも踏みとどまり、気丈に見上げるオリヴィアに、ギルバートはあの意地悪そうな笑みを浮かべてみせた。

「聞くところによると、令嬢というものは結婚まで、男との閨のことを教えられずに育てられるというじゃないか」

「そういうことを本人に聞くのは失礼にあたると思うのですが」

案の定、本当にろくでもないことを言いだすので、オリヴィアは遠慮なく顔をしかめた。

「無礼なものか。俺はお前にとても大事なことを教えてやろうと言っているんだぞ。なんせ、いずれお前も誰かのもとに嫁ぐのだからな。そして、子作りに必要な行為をする」

「やめてください、そのような話」

「迫りくる未来から目をそらして後悔するのはお前だぞ。なにも知らず妻になる女は、初夜で乱暴に体を暴かれて、ショックを受ける者も多いらしい。行為に痛みしか感じず、暴力と捉え、一生夫に怯えて暮らす者もいると聞く。お前はそうなりたいのか?」

「それは……なりたくはないです」

オリヴィアは、先日、目の前の男に、なすすべもなく体を触れられたことを思い出してぞっとした。指先で、ほんの少し触られただけでも怖かったのに、例えば一生をともに過ごすことになる男に、それと同じ、いや、もっとひどいことをされるとなると……想像するのもおぞましい。

「なりたくないのならどうすればいいと思う？」

「……どうすればいいのですか？」

これが誘導尋問だとわかっていても、オリヴィアは問わずにはいられなかった。

彼女の答えを待ってましたとばかりに、ギルバートはぱっと目を輝かせる。

「房中術について知識があれば楽しめる。俺は女を悦ばすのが得意だ。教えてやろう」

「必要ありません」

即答してオリヴィアは彼を睨んだ。本気で助言を求めてしまった一瞬前の自分を後悔する。最悪だ。

「失礼ながら、率直に申し上げて、閣下のお申し出は侮辱的に聞こえます。そのようなご指導は私には無用です。知らないからといって馬鹿にされる謂れもありません。私に触れていいのは、将来私の夫となる者だけです」

当然の断りを告げたつもりなのに、ギルバートは首をかしげるばかりだ。

「別に馬鹿にしようとして持ちかけているわけじゃない。親切心だ」

「だからそれが迷惑だと言うのです」

「どうして頭ごなしに拒絶する？　知っていて損はないぞ。将来の夫が俺より優しく床上手という保証はどこにもないんだからな」

「優しいかどうかの話をしているわけではありません。私には貞操観念というものがございます。結婚の誓いをするまで、そういった行為はいたしません」

「貞操観念？　そんなものをクソ真面目に守っているやつなんかただの馬鹿だ。将来の夫くらい、どうとでもごまかせる」

「ともに生きる伴侶にずっと嘘をついて暮らすことになるのですよ」

「夫婦間の多少の秘密はスパイスだぜ。すべて知ってしまえば、あとは退屈まみれの地獄しか残らない」

「私は、お互いになにもかも打ち明け合える相手が理想です」

「これはとんだ箱入りお嬢様だ」

ギルバートは芝居がかって、驚いた調子で胸に手をあてる。

それから、ああなるほど、と嗜虐的な笑みを浮かべる。

「そうか、わかったぞ。お前、男が怖いんだな？　俺だけじゃない。すべての男をおそれている。だからそうやって結婚を盾に俺の申し出を拒絶する」

「そんなことありません」

ぎくりとして、思わず両手で自分を守るように抱きしめる。

「見え見えの強がりはやめろ。この程度で怯えているようじゃ全然男に見えないぞ」

ギルバートは勝ち誇った顔だ。

「そういえばお前の下手な男装も、手が早い俺から身を守るためだったたな。だがお前が本当におそれているのは俺だけじゃない。このままじゃお前はこれからも男を前にするたびに震えながら生きることになる。自分の旦那のことも怖がって、なにをされても言いなりになる。なあ、お前、一生びびりながら暮らすつもりか？」

ギルバートは獲物を追い詰めるように楽しげに、オリヴィアのもとに一歩一歩と近づいてくる。

「どうして怖いと思うか、深く考えてみたことはあるか？　男の力が強いからか？　それとも、お前よりも体が大きいからか？　獣のような臭いでもするのか？」

「……」

絶句してなにも返せないオリヴィアに、ギルバートは肩をすくめる。

「違う。お前が男を知らないからだ」

オリヴィアのすぐ側まで近づいたギルバートが、身をかがめて目を合わせてくる。

「恐怖を克服するにはどうしたらいいと思う？　簡単なことだ。男を知れば怖くなくなる」

「……詭弁に聞こえます」

「なにも知らないのにどうしてそう思える？」

優しい外科医のように、ギルバートがオリヴィアの胸をそっと指さす。

「なあ、胸に手をあてて考えてみろよ。お前は、無闇に俺を怖がっていることに気づくはずだ」

「……」

「お前は気が強い。きっとこうやって、俺に言い負かされるのは悔しいだろう？」

ギルバートはオリヴィアの胸をさしていた指先を持ち上げて、彼女のまろやかなおとがいをゆっくりなぞる。

「俺をやり込めたいと思わないか？」

ギルバートは悪魔のように目を細めて、低い声でオリヴィアに囁きかけてくる。

「男が、どうされると弱いのか……それから女の体の強さについても教えてやろう。どうすれば痛みを逃して、気持ちよくなれるのかを」

ふっと、唇に息をふきかけられると、オリヴィアは魔法にかけられたように動けなくなった。

「お前は俺で、男の体を知るんだ」

薄い唇をつり上げて微笑む男のまなざしが、オリヴィアにひたと据えられる。

男の肩からあふれる金の髪は、とろりとして柔らかそうなのに、目つきは鷹のように鋭い。

「従順に、親に定められた男のものになり、わけもわからず夜ごと体を暴かれる恐怖に震えて生きるなど、嫌だろう？」

よく通る声は低く、背骨の奥までずしりと響く。もし悪魔というものがこの世にいるとしたら、きっとこんな姿だろうとオリヴィアは思った。

それほど男は美しかった。蠟燭の光で際立つ輪郭は完璧で、見つめられるとオリヴィアは動けなくなる。

「ほら、来い」

差し伸べられた指に操られるがごとく、オリヴィアの体は、ぎくしゃくと彼に傾いた。

二人の指先が触れるか、触れないかの瞬間、オリヴィアは男に強く引き寄せられる。

「あっ」

優雅に見える指は、乱暴にオリヴィアの手首を引いて、しっかりと腰を捉える。

オリヴィアは男の胸に頰を押し付けられ、躍動する筋肉のしなやかさをいやおうなく感じ取った。

いになった。

どくどくと脈打つ心音が力強い。息を吸い込むと、男から立ちのぼる香りで肺がいっぱ
かっと、オリヴィアの頬が染まる。

まるで温度を感じさせない、人形のような美貌を持つ男の体は、驚くほど熱かった。

「細いな。もっと肉をつけろ」

大きな手で遠慮なく尻を揉まれる。彼の指が、オリヴィアの敏感な臀部にぐっと押し付けられると、わけもわからず、体の奥の熱がじんわりと上がって膝が震える。

「……大きなお世話です」

なんとか言い返したものの、もはや呼吸の仕方すら思い出せない。

「大きなお世話でも口出しはするぞ、お前は俺の部下なのだからな」

女の自分とはまったく違うその体は、触れるといかに厚く、頑丈かわかる。

怖いと思うと同時に、無闇に縋りつきたくなった。

この感情はなんなのだろう。頬は熱をはらんで、目は潤み、指から力が抜けていく。

「ほら、知りたいだろう？　男の弱い場所は――」

息も絶え絶えのオリヴィアに、男は優しく耳打ちをする。

そして掴んだままのオリヴィアの手首を下ろしていく。弾力のある胸部から、引き締ま

った腹部、そして、もっと下へと。

「――ここだ」

脚の間のずっしりした存在を手のひらに感じて、オリヴィアの体がびくりと跳ねる。

「あ」

触れられてもいないのに、脚の間にある秘めた場所がどくりと主張する。みだりがましい反応をする自分の体が恥ずかしくてオリヴィアはうつむいた。

「逃げるなよ」

こわばる彼女のおとがいを、男は有無を言わさず摑んで目を合わせてくる。

「知りたいんだろう？」

けぶるブルーアイズに捉えられたら、もう逃げ出せない。

「そしてお前は、触れたいはずだ」

彼の自由なほうの指が、脚の間で息づく割れ目に到達したとき、オリヴィアの体の奥から震えが走った。

「あっ、いや」

「おい、逃げるな」

「でも、そこに触れて、この間、私は」

こわばる彼女の頬をしっかり摑んだギルバートが、目を合わせてくる。

「漏らして恥ずかしかったか?」

「……はい」

ぎゅっと目を閉じると、ふわりと唇に柔らかなものが触れた。

驚いて目をあけると、焦点が合わないほど近くに、おそろしい美貌があった。

「お前はあのとき、漏らしたのではない」

「え」

きょとんとすると、ギルバートが、ふっとまなざしを和らげる。

「心配するな、体の力を抜け」

驚くほど優しく促されて、オリヴィアはあっけにとられる。

「ほら、いい子だから」

ちゅ、とリップ音をたてて唇を触れ合わされる。柔らかな触れ合いを繰り返されるうちに、オリヴィアの体から不思議なほど力が抜けていく。

「口を少し開いてみろ」

言われて素直に従うと、彼の舌がオリヴィアのそこにするりとはいり込んで、舌先を吸ってくる。

「んっ」

予想外の刺激に、体が自然に跳ねた。

肩を撫でていた大きな手が、オリヴィアの腰をそっと強引ではない力で抱いてくる。

それは先日の、無力な相手を力ずくで押さえ込んだ触れ方とはまったく違っていた。

そっと、いたわるような温かい拘束だった。

うっとりと目を閉じると、オリヴィアの脚の間に触れていた指が、ふいにぴくりと動く。

「っ」

気のせいかと思って身じろぐと、ふたたび、わずかに擦るような動きをしてくる。

ほんのわずかな動きでそこを刺激されるたびに、ぴくぴくと体が反応する。

「あ、それ」

「大丈夫だ。うまいぞ」

ギルバートが二人の唇を擦り合わせて、ちゅ、と下唇を吸った。

ふわふわと柔らかな愛撫にオリヴィアの頭はぼうっとしてきて、よくものを考えられなくなる。

「もっと口をあけてみろ」

そのとおりに動くと、彼の舌がオリヴィアの舌に絡みついてきた。

くちゅりと音をたてて、舐めまわされる。それと連動するように、脚の間にある指もこりこりと動かされる。

「ん、っ、あっ」

オリヴィアの体の中を、じわじわとむずがゆいものが這い上がってくる。

「アッ!」

急に割れ目の間をぎゅっと押されて、オリヴィアは下腹部を波打たせた。体のずっと深い場所から、熱い痺れが湧き上がってくる。

「やっ、漏らしちゃう!」

「心配するな」

排尿に似たその感覚から逃げ出したいのに、腰が震えて満足に抵抗できない。

「んっあ」

指は先ほどよりも強めに割れ目の先端部分を擦り上げ、とうとう布越しに、敏感な小さな粒を摘み上げた。

「あっ、はっ」

くるくるとこよりをよるように指を動かされるたび、腰がびくびくと跳ねて目の前に火花が散るようだった。

「あっ、待って」

どうしようもなくせり上がるものを感じて、オリヴィアはぐっと体をこわばらせると、次の瞬間、びくんと軽く痙攣した。

「あ……」

ぴくん、ぴくんと余韻で下腹部が波打っている。

頭がじんと痺れて、ああ、またこの感じだとぼんやり思う。

「うまくイケたな」

ギルバートが教師のように褒めてきて、頬にキスをされる。

「イク……？」

「そうだオリヴィア。これが、イクということだ。気持ちのよさが最高潮になると女の体はこうなる。ココが一番敏感で、イキやすい」

ギルバートは、彼女のまだ震える割れ目を布越しにそっと撫でた。

「あんっ」

それだけでも、オリヴィアは足が震えて立てなくなるほど感じてしまった。

けれどその布地の湿った感覚に、泣きそうになる。

「あっ、私また、漏らして……」

涙目で震えると、ギルバートはきょとんとしたあと、声をあげて笑った。

「だから、それは漏らしたんじゃない」

「えっ」

わけがわからず見上げると、ギルバートがぺろりと舌なめずりをする。

「それは濡れたって言うんだ」

「濡れ……どう違うんですの」

「俺の指で感じて、お前はイッた。気持ちがいいと、ソコから勝手に愛液が出て濡れちまうんだよ。ほら、自分で触ってみろ」

「あっ」

オリヴィアはギルバートに手を取られて、無理やりボトムスの中に手を入れさせられる。

「ココに穴があるのがわかるか？　これは男にはない穴だ。濡れたのはココからの粘液のせいだ。小便とは出る場所が違うし見た目も違う。お前は大人だから、濡れたんだ」

ギルバートの指がオリヴィアを導く。確かにそこから出たものは白くねばついていて、尿とは違うもののようだ。

ぽかんとするオリヴィアに、ギルバートは秘密ごとのように耳打ちをしてくる。

「お前の体は、ココに入れてほしいと、濡れたんだ」

「なにを……あっ！」

突然、オリヴィアの股間に、熱いものがごりごりと押し付けられて、驚いた。

「……コレだよ」

熱い息を吐いて、ギルバートがオリヴィアを見つめる。いつもの人を馬鹿にした表情ではなく、どこか余裕をなくしたまなざしに、オリヴィアは胸をつかれて息を詰めた。

「……明日はもう少し、お前の体について教えてやる」

そう言われて、オリヴィアは無意識に頷いていた。


翌日、昨日よりも一層どんな顔をすればいいのかわからずしかめっ面になってしまうオリヴィアの前で、ギルバートはまったくいつもどおりだった。

ギルバートは朝の公務を終えると騎士団の訓練に出るのが日課で、変更するつもりはないらしい。

そのため、どれほど嫌でも真面目に朝から出勤してしまうオリヴィアもそれに付き合う形になる。

今日もオリヴィアは、ずっしりとした剣を構える。昨日と同じように剣先は震えているが、昨日よりも構えがよくなったと褒められて、単純に嬉しくなった。

考えてみれば、ギルバートに会って以来、オリヴィアは、たくさんの新しいことに挑戦してきた。男装の練習をし、両親のもとを離れて王都にやってきた。そして今は、兵士の訓練の真似ごとまでしている。新しいことをするのは大変だが、わくわくする。

オリヴィアは好奇心が強く、新しいことを学ぶのが好きだった。子供の遊びもろくに知らずに成長した彼女は、かわりに勉強を楽しむ才能があった。

とはいうものの、オリヴィアのレッスンのあと、ギルバートが勝手にはじめた授業についてはまだ認めてはいない。

それればかりはオリヴィアの人生にいまだ現れたことのない経験で、戸惑いのほうが大きかった。

レッスンが終われば、ギルバートは今日も、オリヴィアに触れるつもりだろうか。自分についている穴が、気持ちがいいとあんなふうに濡れるなんて、初めて知ってしまった。

恥ずかしい。

だからこれ以上、知りたくはないと思う。

悶々としているとティータイムの準備が整ったと知らせがあった。

これはオリヴィアが企画したことだ。訓練後に騎士団の幹部組を招いてお茶のマナーのレッスンをする。

ギルバートだけを教育しても、周囲がガサツなままでは長続きしないのではないかとオリヴィアはあやぶんでいる。だからせめて、お茶の作法だけでも騎士団の皆にも付き合ってもらい、環境をよくしていこうと計画したのだ。

庭がよく見える部屋に案内し、皆を席につかせる。

すると、いつもならこの時間からぶどう酒を水のように飲むらしいギルバートが、きちんと席に腰掛けて背を伸ばし、優雅にティーカップに口をつけたので、周囲はちょっとした騒ぎになった。

「一体どうしたんですか？　団長」

「腹の具合でも悪いのですか」

茶化す部下に、涼しい流し目を送りながらギルバートは動じない。

「オスカーとの約束だ。彼が騎士の訓練をきちんとこなせば、俺もマナーを学ぶと取引をした」

「へえ、団長がマナー講師の命令を聞くなんて初めてだ」

「気に入ったんですか？　よく見ればオスカーは可愛い顔をしていますしね」

揶揄されてオリヴィアは怒りに顔を赤らめるが、言い返す前にギルバートが口を開く。

「年下の部下が頑張っているのだ。無下にはできんだろう」

「なるほど。団長はガキに甘いですからね」

「ガキではありません、もう十九歳です」

「それは失礼をした」

しつこくからかう気はないのか、騎士はスマートに謝罪のポーズをとった。

その動作があまりにも洗練されていたので、オリヴィアは密かに驚く。一見山賊のように粗雑に見える面々だが、やはり騎士団を構成するのは上流階級の人間で間違いないようだ。

「今日は皆さんにも、お茶の作法を学んでいただこうと思って」

「それなら、俺たちは実家に帰れば普通にティータイムがあるから、だいたいの連中はできる」

「でしたらいつもちゃんとしてくださいよ」

「ちまちましたカップから飲むのが面倒なんだよ」

ギルバートと似たり寄ったりの回答に、オリヴィアは呆れた。

騎士たちはおそらく団長に合わせて無作法を極めているだけで、その気になれば、いくらでも品よくふるまえるのだろう。

なるほど、団長さえ更生させれば、騎士団全体の品格が上がるということだ。

ますますやる気が出てきた。

それに、と、オリヴィアはギルバートを盗み見る。

昨夜の行為のことは、帰宅してマリーゴールドと話しているうちに冷静になった。やはりギルバートに担がれた気がする。

女の体のしくみについてギルバートの解説に嘘はなさそうだが、オリヴィアが田舎の世間知らずだから、驚かせてみようという悪戯心で体を触られたのではないかと疑念が浮かんできた。

だとすれば自分の騙されやすさに落ち込むが、今、作法を守ってティータイムを楽しんでいるのを見ると、約束は守る性格らしい。

騎士の訓練に関しても、彼女を笑いものにしようとしているわけでもなさそうだ。

オリヴィアのことをきちんと部下として扱ってくれて、ギルバートの側にいるのにふさわしい能力をつけさせようとしているのだと思う。

ただ悪ふざけが過ぎるだけで、仕事は真面目にこなすのかもしれない。

そう考えると、案外ギルバートは協力的だ。

少しだけ、見直した。

「それでは、俺のレッスンにうつるとするか」

しかし、日没後、ギルバートの部屋に行けば、彼はまたいつもの軽薄さを取り戻していた。

部屋にはいったとたんに、オリヴィアを我がもののように摑んで、自分の膝の上に乗せてしまう。

「今日はこっちの性感帯のほうを……」

そして当然とばかりにオリヴィアの体に手を這わせるから、彼女はあわててもがいた。

「あの、これから毎日、騎士団の方々にもお茶の時間を作りませんか？」

あからさまに話題をそらす提言をすると、ギルバートは顔をしかめる。

「毎日連中とティーパーティーをしろと言うのか？」

「昼間からアルコールを嗜むよりも健康的で建設的な議論ができるかと思います」

なんとか膝から下りようとするオリヴィアを、猫の子を摘むようにひょいと抱え直すと、
ギルバートはいかにも気が進まないといったふうに眉間に皺を刻む。

「建設的な議論ねえ。そんなことした覚えがない」

「なんにせよ、組織において休憩は重要です。リフレッシュになりますし、連帯感も上がります」

「そういうものか？」

「そうですよ、せっかくギルバート閣下がまともに紅茶を飲めるようになったのですから、お茶請けのお菓子の美味しさも研究すべきですよ。バターを贅沢に使用したキュウリのサンドイッチとか、クリームたっぷりのスコーン、サクサクのパイ生地の中にたっぷりのカスタードクリームを入れたデザートも絶品ですよ……」

　お茶の時間をこよなく愛するオリヴィアは熱弁した。

　ギルバートは、しばらくは全然興味を引かれないとばかりに、途中までは半目で聞いていたものの、急によからぬことを思いついた様子で、にやりとした。

「さてはお前、甘い焼き菓子が好物なのだな」

「なっ！　そんな下心はありませんよ」

「隠すことはないだろう。いいぞ。好きなものを食えばいい」

　ギルバートはオリヴィアを解放する。

「茶菓子や茶葉の用意はお前に任せる。そのかわり、お前が茶の席を取り仕切れ。部下と仲良くなるいい機会になるだろうしな」

「構いませんよ。お茶をいれるのは得意ですから」

急に協力的になりはじめたギルバートに嫌な予感はしたものの、オリヴィアは提案を受け入れた。


翌日、中庭には、二十人ほどが座れるお茶の席が用意された。

訓練前に参加希望者をつのれば、予約はすぐに埋まった。

長いテーブルの上には王宮の美しい茶器と焼きたてのスコーンが置かれ、みずみずしい花が飾られている。

素晴らしいセッティングだったが、オリヴィアは、紅茶用にと用意されているティーポットのサイズに唖然とした。

それは一度に二十人全員分のサーブができそうな巨大なポットだった。

「これでお茶をいれるのですか？」

戸惑いながらオリヴィアは問いかける。

確かに立派な陶器製のもので、使用に問題はないだろう。

しかし、こういう極端に大型のものは、基本的に装飾用や陶芸家の腕試しなどで作られるものだ。

つまり、実用向けではない。

「ああ、湯を入れるのが一度で済むから手間がかからないだろう?」

ギルバートは当然、とばかりに返してにやりとする。

「腕力もつくし、お前にはちょうどいい」

つまりギルバートは、これが実用向けではないとわかったうえでオリヴィアに用意したわけだ。

「これは立派なポットですね」

「さぞや中で自由にお茶っ葉が踊って、よい味になりそうです」

部下たちもわかっていながらニヤニヤと見守ってくる。

「確かに、ティーポットのサイズについての決まりはありませんからね」

こんな悪戯で大喜びするなんて、本当に子供みたいですこと。

心中で毒づきつつ、オリヴィアは腹をくくって、ポットを温めるためのお湯をたっぷり注ぎ入れた。

ティータイムは団員たちに好評だった。

山盛りのスコーンとたっぷりのクロテッドクリームはあっというまになくなったし、ほとんどの団員がそつのない作法でお茶を楽しんだ。

「美味しいお茶が飲めるのなら、毎日参加したいくらいです」

そんな評価をもらえて、一応は成功を収めた。


日が暮れると、オリヴィアのレッスンがはじまる。

今日は、ギルバートには食事のマナーを学んでもらおうと、オリヴィアは部屋に料理を用意した。

パンと肉とスープ、それからぶどう酒といった、基本の料理の食べ方を、ひとつひとつ指導していく。

ギルバートは相変わらず授業のときはおとなしく物わかりのいい生徒だった。

けれど食事を片付けたあと、急にギルバートの雰囲気が変わった。

「お茶をこぼしていたな」

ぽつりと投げかけられた台詞に、オリヴィアはぎくりとする。

「……あんなにポットが重くては一滴もこぼさず注ぐのは至難の業でしょう」

いつのことかはオリヴィアにも自覚があった。部下一人一人のカップにお茶を注ぎ入れているときに、うっかり中身をテーブルにこぼしてしまったのだ。

こぼされた騎士は謝罪するオリヴィアを特に気にした様子もなかったが、ギルバートにはばっちり見られていたようだ。

「こちらに都合の悪いことばかり、目ざといのだから」

「なにか言ったか？」

「いいえなにも」

「さあどうするオリヴィア。使用人ならクビにされてもいたしかたない失態だぞ」

ギルバートが勝ち誇ったように言う。

「あのポットのサイズは実用向けではないです」

思わず口答えをしてしまって、オリヴィアはうつむいた。わかっている。失敗は失敗だ。

「マナー違反だろう？　だらしないな。お前はプロの講師だというのに」

重ねて言われて奥歯を噛む。

「……確かにそうです」

しぶしぶ認めると、ギルバートはおもしろそうに鼻を鳴らした。

「もしかして、私が失敗すれば、もう授業は受けないという魂胆でしたか？」

「誰もそんなことは言ってない」

けれどギルバートのニヤニヤ笑いは止まらない。

「ただ」

一歩、ギルバートがオリヴィアに歩み寄る。

オリヴィアは本能的に後ずさったが、あっというまに壁に追い詰められてしまった。

「そんなに子兎みたいに震えるな」

目を細めたギルバートは、いたぶるようにオリヴィアに言う。

「マナー講師がマナー違反をしたのになにもお咎めなし、とはいかないだろう？」

「というと？」

「おしおきが必要なんじゃないかと思ってな」

鼻歌でも歌いそうな上機嫌さで、彼はオリヴィアの腕を取った。

「昨夜はできなかったレッスンだ。女の体には弱い部分がある」

そう言いながら、ギルバートはオリヴィアを別室へと引っ張っていく。

「また、アレをするんですか」

オリヴィアは抵抗したかったが、余計に分が悪くなるのが目に見えていたので、嫌々という表情を崩さずに従った。

「どうしてしぶるんだ。そんなに嫌なのか？」

けれど、ギルバートにぎゅっと手を握られ、顔を覗き込まれると、どうしようもなく鼓動が高鳴る。

「いえ……罰はちゃんと受けます」

先日覚えたばかりの鮮烈な感覚。体の芯を突き抜けるような快感。自分ではどうにもならない痙攣。

すべて初めてで、もう二度と忘れられそうにない、強烈な経験だった。

アレをまた、味わわされるのだろうか。

想像するだけで息が上がっていく。

通されたのは、ギルバートの寝室だった。

「お前は初心で、やせっぽちだ。どこに触れても敏感そうだ」

寝台に導かれて腰をかける。すぐにギルバートの手が、オリヴィアのジャケットの前を開きはじめる。

オリヴィアがぴくりと怯えると、ギルバートは一度手を止めて穏やかな調子で口を開く。

「お前、相当詰め物をしているだろう。脱がさないと触れない」

「……男らしい体つきに見せるために必要なので」

「だが、このレッスンでは邪魔なだけだ」

「そうですが」

反論を続けるつもりのオリヴィアのそれを了承とばかりに、ギルバートは容赦なく、オリヴィアを転がして服を脱がし、綿の詰め物を取り去っていく。

かつらも取り払われ、栗毛の髪が滝のように流れ落ちると、ギルバートは感心したように、ほうと息をついて彼女の髪をひとふさすくい取り、口づける。

「相変わらず美しい髪だな。これは男を惑わすいい武器になるだろう」

「髪で男と戦うというのですか？」

「……そう解釈されるとは思ってもみなかったが」

「ならば、どういう意味です？」

「お前はそのままでいてくれという意味だ」

「え？　あっ、ちょっと待ってください」

そのまま当然のようにズボンも引っ張って脱がそうとするからオリヴィアが抵抗すると、面倒くさそうに、ギルバートが眉を寄せる。

「おとなしくできないのか。服が破けてしまうぞ」

絶対に脱がすつもりのようだ。破られるのは困る。仕立ててくれるディジーがいない今、新しい着替えは用意ができないのだ。

「ならば……自分で脱ぎます」

観念してオリヴィアは靴を脱いで揃えると寝台に上がり、しずしずとズボンを脱ぎ捨てた。

「上の詰め物も全部取れよ」

「わかりました」

「靴下も脱げ」

「靴下なんて関係ありますか?」

「ベッドに上がるときには靴下は脱ぐものだろう」

「まあ、それはそうですが……?」

そしていつのまにか白い下着姿だけにさせられていた。

「……これで、いいですか」

ディジーやマリーゴールドの前で裸になるのは平気だが、ギルバートの前だと、オリヴィアはひどく緊張した。

「まずはここから」

そう言って、寝台のはしに腰掛けたままのギルバートが指を伸ばし、彼女の耳をすりすりと撫でる。

くすぐったくて肩をすくめると、その手がするりと落ちて、首筋を擦る。

「集中しろ」

羽根が触れる強さで、何度も繰り返し撫でられる。

最初はくすぐったいばかりだったのに、いつのまにか体がぬくもり、息が上がっていく。

「あっ」

ふいに乳首に指がかすって、オリヴィアは思わず声を出した。

「なんだ、期待しているのか？」

「そんなこと……」

オリヴィアのささやかな胸は、いつのまにかつんと尖っていた。

「へ、部屋が寒いので！」

自分ではコントロールできない体の変化に、オリヴィアの頬がかっと熱くなる。

「別に恥ずかしがることじゃない。感じるのは正常な反応だ」

「んっ」

ギルバートは、なんでもないことのように乳首をそっと摘んでみせた。

「集中できないのなら目を閉じていろ」

言われた次の瞬間には、オリヴィアの目は有無を言わさず白い布でふさがれた。

「目を閉じるもなにも無理やりじゃないですか」

「別に外しても構わないぞ。お前が俺の顔を見たほうが興奮するっていうのなら」

「……」

そう言われると絶対外すものかという気持ちになって、オリヴィアは口のはしを曲げながらもおとなしくする。

「いい子だな」

くすくす笑うギルバートに、胸を包み込むように触れられる。

「っ」

「痛くはないだろう？」

不思議と優しい声で問われて、思わず払いのけようとした動きが止まる。

こういうときのギルバートの声には、不思議な引力があった。いつもの軽薄な調子のときにはまったくなにも感じないのに、抱きしめられて肌が触れ合うときに、こんな感じに柔らかく語りかけられると、彼のすべてに従いたくなるような衝動にかられるのだ。

これが王族の血による、支配者としての才能なのだろうかと、オリヴィアは感心する。

それに、ギルバートはおしおきと言いながらも、オリヴィアが痛がることはしていない。それなのに、彼の指をはたき落とすのはさすがにマナー違反なのではないかと、思いとどまったのだった。

「ん、ふ」

素手で乳首を触られる感触は、布越しとはまるで違う。

彼の剣の柄を握り慣れたなめし皮のような指の腹で、敏感な先端をくりくりといじめられるだけで、腰の奥からあの覚えのある痺れが湧き出てきた。

いつものように脚の間が熱くなって、オリヴィアは腰をぐっとよじる。

「ここが切なくなってきたか？」

オリヴィアの変化に目ざとく気づいたギルバートの膝が彼女の脚を割ってくる。

直接決定的な場所を触られたわけでもないのに、自分の秘部が、ぴくりと息をするように反応したので、戸惑ってしまう。

身じろぐと、オリヴィアのまろい肩にそって、するりと、優しく撫でられる。

「あっ」

彼の手が離れると冷たい空気に肌があわ立つ。ギルバートが体を起こす気配があって、オリヴィアは息を詰める。彼の体重で寝台がきしみ、濃密にギルバートの気配を感じる。

熱の塊のようなその気配。

胸の先端に、ふっと息をふきかけられて、オリヴィアは小さく声をあげた。

「暴れるなよ」

そう言われたあと、濡れた感触がオリヴィアの胸を包む。

「ん、あ」

思わず逃げようとしたが、これはおしおきなのだからと自ら体をとどめた。そのせいで、まるでギルバートの顔に胸を押し付けるような動きになった気がしてオリヴィアは頬を熱くした。

「あっ、私の胸を、吸っているのですか……？」

戸惑いながら問いかけると、ふふ、と柔らかい微笑だけが、オリヴィアの耳を震わせる。

ギルバートの唇はまるで赤子が母親の乳を飲むような動きをしていた。それなのにオリヴィアは、そこを吸われるたびに体の奥が波打って、つま先までぴりぴりと痺れが走る。

「は、はあ」

ギルバートの指先が、オリヴィアのへその上をたどり、下腹部へと下りていく。

「脚を開いて」

ギルバートの指がオリヴィアの太ももを開かせる。

ズロースの紐が解かれ、最後の布が取り払われる。オリヴィアは目隠しの布以外は、一糸まとわぬ姿で彼の前にいることを強く感じた。

「触るぞ」

あわい和毛をかき分けて、彼の指は、オリヴィアの湿った場所に潜り込んでくる。

「あ」

ついにそこに触れられたとき、オリヴィアは耳がふさがった気がした。目もふさがれている状態で、ただ脚の間の、ギルバートに触れられた一点だけに、自分の意識が吸い寄せられる。

「もう、濡れているな」

嬉しそうに、ギルバートが囁く。

「俺の手で、感じている」

じんわり嚙みしめるみたいに解説されて、オリヴィアは不思議に思う。その口調には、いつものからかいや意地悪さを感じなかったのだ。

「んっ」

その間にも、ギルバートの指は、彼女の割れ目の間をゆっくりと撫でさする。

「んっ、うう……はあ」

ただ撫でられているだけなのにそこはじんじんと熱をはらんで、ふたたびオリヴィアの思考は奪われる。

ああ、またあの感覚がやってくる。ぐっと体が浮いて、目の前がスパークする、あの瞬間が。

「腰が揺れているぞ。はしたないな」

「あっ」

早く到達したくて、思わず彼の指に自分の花芽を押し付けてしまう。

無意識の動きを指摘されて、かっと頬が熱を持つ。

「申し訳ありません……」

「いや、謝ることはないぞ。覚えのいい生徒は嫌いじゃないからな」

「でも、これはおしおきなのでしょう？」

「おしおき？　ああ、そうだったか」

忘れたような物言いだったから、オリヴィアはふてくされてしまう。

「お忘れだったのですか、だから我慢しているのに」

「そんなふうに意固地になることはないだろうが。頭の固いやつだ」

そう言って、ギルバートはオリヴィアの体をそっと抱き寄せる。

「んっ」

そしてオリヴィアの唇に、優しいキスが降ってきた。

「気持ちがいいことは素直になったほうがお互い楽しめるぞ」

「私は楽しんでいるわけではありません」

「そうだな、これはおしおきでレッスンだ」

言い返そうとするのをいなされたような感じだったが、それよりも、ギルバートの指が秘めた穴へと潜り込んできたことに、ぎょっとする。

「ここに指を入れたことはあるか?」

「……まさか。そこは不浄な場所です」

言い返すと、ギルバートが嬉しそうにくつくつと、喉を震わせた。

「不浄なことがあるものか。人間は皆、ここから世の中に出てくるのだからな」

ギルバートがオリヴィアの背にまわした腕に力を込めたせいで、さらに肌が密着する。彼の逞しい脚に押されて、オリヴィアの両脚はいやおうなく開かされていく。

一方の指は相変わらず、オリヴィアの奥まった場所への入り口を、何度も撫でている。

「ここでの感覚は、前の刺激よりも感じにくいが、もっと深くイケるぞ」

「深くイク?」

「試してみればいい」

そう言った彼の指が、ぬるりとオリヴィアの中にはいってくるのを感じて、驚いた。

「な、なにを」

「痛むか？」

「……いいえ」

「痛むなら言えよ、ここはことさら敏感な部分だからな」

意外なほど慎重な動きと気遣う口調に、オリヴィアは戸惑って口をつぐむ。

「感じる場所はここだ」

そう言われたとき、オリヴィアは、体の内側に触れられる感覚を知った。

それはひどく奇妙な、もどかしい刺激だった。撫でられているのか、押されているのか、判然としない。けれど強烈な感覚だ。

「んっ。おかしな感じがします」

そこを何度も刺激されているのを、ただ感じる。

最初こそ散漫な感触だったが、次第にそれが形を持ち、ふいに腰が浮き上がるくらいの刺激となる。

「あっ、ああ」

明確な快感となったときには、オリヴィアは恥骨を突き出すようにして腰を浮かせていた。

「あーっ！」

「よさそうだな」

ぬちゃぬちゃと粘着質な音がして、自分の体が濡れているのを感じる。

恥ずかしい。こんなところを触られてはしたないと思うのに、もうここでイクことしか考えられなくなっていく。

「指を増やすぞ」

容赦なく二本目の指がはいってくる。少し入り口に引きつりを感じたが、リズミカルに抜き差しされるうちに、わずかな痛みに構う余裕はなくなった。

「あっ、ああっ」

「こちらもやるか？」

そう言われて、花芯も同時にくじられると、オリヴィアはひとたまりもなかった。

「あっ！　あー！」

じゅん、と体の奥が収縮し、内ももがくがくと震える。

股の間を生ぬるいものが垂れてきて、がくんと腰が揺れる。

ぐらっと脳が痺れて、オリヴィアは絶頂した。

「イッたな」

のけぞってあえぐオリヴィアの背中を抱きとめて、ギルバートは嬉しそうにオリヴィアを褒めて、その耳をかじる。

イッたばかりの体にはそれだけでも強烈で、オリヴィアは体の奥をぎゅっと収縮させて、腰をぴくぴくと震わせた。

「はっああ、ああぁ」

けれどそれで快感は終わりではなかった。

乳首を摘まれて、割れ目で腫れている豆粒を撫でられる。

「うんっ」

それだけで浅い絶頂が波のように寄せてくる。

「いい感じだな」

オリヴィアはくるりと体を反転させられて、ギルバートの膝に乗せられる。

「あっ」

オリヴィアの背中とギルバートの胸がぴったり合わされる。オリヴィアは彼の両脚をまたぐように、脚を大きく開かされた形で固定された。

そして引き続き耳たぶを噛まれ、胸を揉まれ、スリットの間を撫でられる。

「あーっ！」

同時にさまざまなところをせめられて、痙攣が止まらない。

思わず引いた尻の間に硬いものを感じて、オリヴィアははっとした。

「気持ちがいいか？」

ギルバートの声が熱く掠れている。

「それ、あっ」

彼が腰を突き上げると、先ほど指を入れられた穴がある箇所を、ぐっと押し上げられる。

敏感な花芯が押しつぶされて、じわっと官能が滲み出す。

「はっ、ん」

この硬いものはギルバートの欲望なのだと、本能的に悟った。

彼が自分の体に興奮している。

信じがたい気持ちだった。

不思議とおそろしさは感じなかった。

ギルバートの息が乱れて、吐息がオリヴィアのうなじを濡らす。

彼が自分と同じくらい興奮していることに、奇妙な安堵を覚えている自分に気づく。

「あっ、あっ」

突き上げられるたびに、オリヴィアは股間をその滾る先端に擦り付けるようにして腰を揺らした。

「いい動きをするじゃないか」

ギルバートはオリヴィアの腰を支えて、その怒張をぐりぐりと尻に押し付ける。

オリヴィアは無意識に自分の脚の間に指を這わせて、ギルバートに教えられたばかりの、スリットの間の小粒を摘んだ。

それに気づいたらしいギルバートが低く笑い、オリヴィアの胸を揉み込んで、乳首をやや乱暴にひねり上げる。

「はっ！　あっん！」

痛みは感じなかった。頭が痺れて、もっと強くしてほしかった。

こねて、揉まれて、最後に強めに抓られて、オリヴィアは二度目の絶頂に達した。

遠吠えをするように喉をそらして、自分の小粒を強くしごき上げて、びくんびくんと体を波打たせて、シーツの海に沈み込んでいく。

「あっ……は」

余韻にひたる彼女の目隠しが、優しく取り払われる。

「気持ちよさそうだな」

ギルバートはひどく満足そうにオリヴィアを見つめていた。青い目はかつてなく甘くとろけて、まるでオリヴィアのことを慈しんでいるようだ。

不思議な目。

ぼんやりとそれに見とれながらオリヴィアは目を閉じた。彼女の潤んだ目からあふれたしずくがひとすじ、優しい曲線を描く彼女の頬を伝い落ちる。

そのしずくを追いかけるようにギルバートの唇がオリヴィアのこめかみに押しあてられる。

「ん……」

ひどく満たされた気分で、オリヴィアは短い眠りについた。

それは幸福に似ていた。


絶頂を何度も繰り返した体は翌日もどこか熱っぽく、ともすればぼうっと佇んでしまいそうだった。

それをなんとか抑え込んで挑んだ朝の訓練は、いつもよりも気合がはいっていると、騎士団の面々に褒められた。

剣の構えを保持している間、オリヴィアは何度も誘惑に負けて、こっそりギルバートを探してしまった。

彼はすぐに見つけられた。長身に輝くようなプラチナブロンドは、どこにいても目立っている。

涼しげなブルーアイズは訓練のときはどこまでも真剣だ。

彼の剣さばきはキレがよく、なめらかな一連の型の動きはまるでなにかの舞を舞っているかのように洗練されている。オリヴィアは構えるだけでやっとの剣と同じものを振るっているとは思えないほどだ。

ギルバートがどれほど自分の高貴さに無頓着でも、生まれ持った人を惹きつける力は消し去ることはできないのだろうな、とオリヴィアは思う。

騎士団長をしているときのギルバートは高潔に見える。

部下の剣の動きを一人一人、丁寧に眺めて、明確な指示を出している。

部下は皆、ギルバートに話しかけられると、尊敬と喜びで顔がぱっと明るくなった。

おそらく彼らのほとんどはギルバートと同じくらいの年齢か、それ以上だろうに、めっぽう慕われている。

頭を下げる部下にギルバートが微笑んで、親しげにぽんと肩に手を置く。

その頼もしい指の動きに、オリヴィアの体の深い部分がずくりとうごめいた。

つい昨夜のことだ。あの指が自分の中にはいってきて、オリヴィアの体を熱くしたのだ。

ギルバートの指の動きだけでオリヴィアの体は制御できなくなり、まるで別の生き物になったように奔放にうねって、絶頂した。

自分が自分でなくなったようでおそろしかったのに、またアレをしてもらいたいと思っている。

考えてはいけないと自分を戒めるのに、自然とギルバートの姿を追ってしまう。

「オスカー、腰が引けている」

注意の意味でギルバートに軽く剣で叩かれるだけで、軽く声をあげそうになる自分に赤面した。

「も、申し訳ありません」

自分はどうしてしまったのだろう。これではまるで発情した獣だ。

「……」

赤面してうつむいていると、ギルバートがふいにオリヴィアから剣を取り上げた。

「あの、なにを」

「今日は別の訓練をするぞ」

ギルバートは声を張りあげる。

「弓の演習場に移動だ」

それからオリヴィアに視線を戻す。

「お前は弓の扱いが上手だったな」

「……そうでしょうか。騎士様たちと比べれば、子供のままごとのようなものでしょう」

自信なさそうなオリヴィアの言葉を遮って、ギルバートは告げる。

「そんなことはない、見事なものだったぞ」

だから、とギルバートがにやりと口角を上げる。

「お前が手本を見せてみろ」


弓を引き絞り、目路(めじ)の先にある的に狙いを定める。

たくさんの熟練の騎士たちの好奇の目にさらされているという緊張は、弓を握った瞬間に不思議と消えた。

ひゅ、と矢を放つと、それは正確に的の中央を射貫く。

二本目も冷静につがえて、放つ。小さなころから草むらのかげに跳ねまわる兎やキジを追いかけていたオリヴィアにとって、動かぬ的を狙うのは容易かった。

三本目も正確に的にあてられた。

ほっとしたと同時に、オリヴィアは周囲の歓声に気づいた。

「すごいじゃないか、オスカー。マナー講師をしているだけじゃ勿体ないんじゃないか？」

「もっと力をつけて、でかい弓を使えよ。剣を扱うよりも戦力になる」

「あ、ありがとうございます」

やんやと褒めてくれる騎士たちに赤面しつつもオリヴィアは嬉しかった。

「こいつは見かけこそひ弱だが、弓ひとつで敵に立ち向かう度胸があるやつだからな」

ギルバートは我がことのように誇らしげにオリヴィアを自慢した。

「こいつが教えるなら、お前らだって、多少お行儀よくしてやってもいいと思うだろう」

「まあそうですね」

「今までのマナー講師は偉い肩書を持っているんだか知らないが、やけに押し付けがましい、鼻持ちならねえ老人ばかりでしたからね」

「絶賛反抗期の団長なら、オスカーみたいな子犬相手のほうがまだ耳を傾けやすいでしょうね」

「おい、誰が反抗期だ」

茶化されて怒ったふりをしながらも、ギルバートは笑顔でオリヴィアを見る。

「よくできたな、オスカー」

訓練で乱れた髪がひとふさ、彼の秀でた額にかかっている。

「残念だな。失敗したら、またおしおきでもしようかと思っていたのに」

さりげなく耳打ちをしてから、にこやかにオリヴィアの肩を叩く。

「俺はこれから用事がある、お茶の時間はなしだ」

残念そうな周囲の声を涼しい顔で聞き流しながらギルバートが言う。

「すまないな。お前は訓練後の片付けを終えたら一度部屋に戻れ」

ぽんぽんとねぎらうように言われて、反論する隙を与えてもらえない。

まごつくオリヴィアにギルバートが追い打ちをかける。

「今日は上の空だな。昨夜は眠れなかったのか？」

オリヴィアははっとした。

どうも自分が調子をおかしくしていたことを、ギルバートはすっかり見抜いていたようだ。

「体調を生徒に気づかれるとは。まったく私ったら、プロ失格だわ。今日はそのせいで早く帰されたのね。この調子じゃレッスンにならないと思われたのかしら」

両親はどんなに疲れていても、それを周囲に悟られることなどないのに。オリヴィアは自分の未熟さを実感してしまう。

それでも今日落ち込まないのは、ギルバートがオリヴィアを褒めてくれたからだ。

初対面から、確かに弓の腕だけは評価してくれていた。

もしかしたら、調子が出ないオリヴィアが落ち込まないように、褒められるシチュエーションを作ってくれたのだろうか。

だとしたら本当に、部下思いの団長だ。皆が彼に従うのもわかる。

しかしオリヴィアはギルバートの講師でもあるのだ。気遣われるのは嬉しかったが、不甲斐ない。

なんとなく地に足がついていない感じでふらふらと帰宅すると、部屋の中が香ばしさであふれていた。

マリーゴールドがクッキーでも焼いてくれたのかしら？

首をかしげつつリビングにはいったオリヴィアは、そこに広がる光景に目をぱちくりとさせた。

「あら、これはどうしたの？」

リビングにあるテーブルの上には見事な焼き菓子やケーキといったお茶請けのスイーツが山盛りに置かれていた。

「お嬢様、こちらは騎士の皆様からのプレゼントなのです」

マリーゴールドが途方に暮れた様子で説明する。

どうやら前回、オリヴィアが企画したティータイムのお礼にと、騎士たちの奥方が焼いてくれたらしい。

「これ全部、ギルバート閣下がお持ちになったのですよ」

マリーゴールドはどこかうっとりとした様子で伝えてきた。

「日持ちがしない生菓子は、今日中に食べるようにと仰せつかっております。なんだかお急ぎの様子でしたわ」

なるほど、用事というのはこのことだったのかとオリヴィアはほっとした。

そして、オリヴィアを驚かせようとして、オリヴィアが帰る前にと大急ぎで山盛りの菓子を運ぶギルバートの姿を想像してふきだしそうになる。

「閣下は確かに言葉遣いが荒うございましたが、私にすら紳士な態度でしたわ。私を立派なレディとして扱ってくださって、これらのお菓子をすべてテーブルまで運んでくださったのですよ」

おまけにお花まで！と感激した様子で、窓際の花瓶にある豪奢な薔薇の花束を指さした。

王都では、秋の薔薇がちょうど見頃で、通りのいたるところでいい香りのする薔薇の花が揺れている。

とはいえ、こんなにも真っ白で、オリヴィアの拳よりも大きそうな見事な薔薇となれば、王家の庭にしかない品種だ。

一介の講師であるオリヴィアにこのような花を届けてくれるのは、少しサービスがよすぎて、別の意図があるのではないかと疑うほどだ。

「閣下は絶対にいい方ですよ」

すっかりギルバートの味方のマリーゴールドを見れば、その効果は明らかだ。

なにかあったときのために、マリーゴールドを買収したのではないかしら。

味方を敵に奪われたような気分でオリヴィアはむっと頬をふくらませた。

「ギルバート閣下は、あなたの前では猫をかぶっていただけですよ。あなたを手懐けておいて、閣下が私と喧嘩したときに、味方に引き込むつもりなのでしょう」

ぷりぷりと言い返すと、マリーゴールドが目をぱちくりとさせる。

「お嬢様は閣下と喧嘩などなさる仲なのですか？」

「……それは！」

あれは喧嘩ではないな、とオリヴィアは思う。ただオリヴィアがパニックになって、ギルバートがそれを楽しんでいるだけ。

そもそも喧嘩というのは、対等な相手同士でするものだ。王族と、貧乏子爵の娘となると、まったく釣り合わない。

「……いいえ、まさか。王子と講師ですもの」

その現実にいささかしょんぼりしながら、オリヴィアはマリーゴールドの頭を撫でた。

「けれど、レッスンの最中に、口論になることはあります」

うっかり、ギルバートによって受けさせられたレッスンの内容を思い出してしまったオリヴィアは、マリーゴールドの穢れないまっすぐなまなざしを見ていられなくなった。こほんと咳払いして、それとなく目をそらす。

「……ともあれ、この素敵な焼き菓子をこのままにはしておけませんね。いただいて、感謝のお手紙を書かねば」

「……ではお茶をいれますね！」

待っていましたとばかりにマリーゴールドが目を輝かして、栗鼠(りす)のようにキッチンに向かって跳ねていく。

それを見送りつつ、オリヴィアは悩ましいため息をついた。

香ばしいバターの香りにまざる、官能的な薔薇の香り。

繊細な花弁を重ねて堂々と咲き誇る純白の薔薇は、オリヴィアにギルバートを思い出させて、胸を苦しくさせる。

ついさっき別れたばかりなのに、もうギルバートに会いたかった。


毎日真面目に訓練を受け、オリヴィアの武術はめきめきと上達した。

剣技はやはり武器の重さがネックで、ようやく型がとれる程度ではあるが、構えるだけで刃先が震えることはもうなくなった。

もともと好きな乗馬は、かなり腕を上げた。

視力のよさも幸いして、馬上で弓矢や槍を扱うのも様になってきた。扱える弓のサイズも大きくなり、より遠くの的に命中させられる。

ついでに、騎士たちと家族ぐるみの付き合いもできるようになり、夫人たちから色々な料理のコツを教えてもらった。菓子作りの技術も向上し、訓練後のティータイムはより豪華なものとなった。

王都の酒場にも、ギルバートたちと連れ立って行くようになった。

地方の視察にすら、オリヴィアは騎士団の同行を認められた。

ギルバートの侍従であるグレアムは高齢のため、短期の出張ならば、目付け役としてオリヴィアが代役をつとめることになったのだ。

光栄なことではあったが、騎士団との時間が長くなるごとに、オリヴィアは自分のほうが彼らに影響を受けているのに気づいて困ることもしばしばだ。

ある国境近くの村で、オリヴィアは初めてぶどう酒を口にした。

アルコールは彼女の頭を柔らかく酩酊させ、少しばかり大胆にさせた。

大きな焚き火のまわりで陽気に踊る、村人たちの素朴なダンスを楽しみながら、気の置けない騎士仲間たちと冗談を言い合う。

気づけばオリヴィアは声をあげて笑っていた。

こんなに喉の奥まで外気が届きそうなほど、口をあけたのも初めてだった。

「その笑い方のほうがお前には似合うぞ」

そんなオリヴィアを、目ざとく見つけたギルバートが、からかってくる。

「いいえ、おだてたって私は調子に乗ったりはしませんよ。マナー講師ですので」

自分の変化に驚きつつも、オリヴィアはすぐに反論する。

ギルバートのあしらいにも慣れてきた。オリヴィアは澄ました顔で皿のチーズを上品に口に運ぶ。

「ただ状況によっては、一般的なマナーよりも周囲の空気に合わせたほうがよい場合があると学んだのです」

「なるほど頭が柔らかくなったものだな」

「ギルバート閣下、とはいえテーブルに足をお乗せになるのはやりすぎです。不潔ですし、見ていて不快です」

「お前はいつでも口うるさい」

鼻を鳴らしつつも、ギルバートはオリヴィアの指摘に従ってくれる。

ギルバートの横柄な態度はまだ直ったとは言えないが、それでも最近は、山賊よりはまともな態度になってきた。

ギルバートの変化はいつも、ごくわずかだ。けれど成果を感じると、オリヴィアは嬉しくなる。

にこにこしているオリヴィアをしばらく眺めていたギルバートは、おもむろに立ち上がると彼女の手を引いた。

「お前もたまには、こうして心から笑うことも大事だ」

「えっ、ちょっと」

ギルバートはオリヴィアを立ち上がらせると、村人たちのダンスの中に引っ張り込んだ。

「私はこんなステップを踏んだことはありませんよ」

「いいだろ、振りつけなんかあってないようなものだ」

ギルバートがオリヴィアを振りまわすようにして踊る。

周囲の人がそれに気づいて手拍子をはじめ、やんややんやとはやし立てる。

「いいぞ、オスカー坊ちゃん、その調子だ」

「いいリズム感しているじゃないか」

「わ、わわ」

「周囲のやじは気にせず俺の動きに合わせればいい」

ギルバートが耳打ちをしてくる。

「でも」

「大丈夫だろう、お前なら」

そう言って、楽しげに笑う。

最近は、その表情から、昔みたいな意地悪さが抜けてきた。

マナー講師としてはもっと上品な笑い方をしてほしいが、親しみを感じる。共犯者に対するような笑い方は、オリヴィアにとって魅力的で、指導するのをいつも躊躇してしまう。

「お前は俺の動きに合わせるのが上手だろう?」

しっかりと手を握り直して、ギルバートが少し湿った声で言う。

それだけでなにを指しているのか悟って、オリヴィアは顔を赤らめた。

ギルバートの夜のレッスンは続いている。

オリヴィアはいつも一方的に指で高められるばかりだが、確実に快楽が受け止められる体に成長しているのを感じる。

前のように、ギルバートの指を見ただけで欲情を覚えることは減ってきた。

『この部分を刺激すると、お前の体は気持ちがよくなる。指で擦るだけだ』

ギルバートはいつも事前に説明しながら、オリヴィアの敏感な部分を溶かしていく。

決して痛いことはしてこないと安心して身を任せると、褒めるようにキスをしてくれる。

そのことに満たされる自分に気がつくと、不思議と性的な行為に過剰な反応をすることはなくなってきた。

信頼関係というものだろうか、そういう繋がりが、ギルバートとの間に築かれているのを感じる。

「ほら、俺のリードに任せてみろ」

そう言われて腰を取られると、オリヴィアは素直に彼に体を預けた。

「呼吸を合わせて」
一、二、と小さく声を合わせ、二人で跳ねるように、踊りの輪の中にはいる。
「団長様、お上手ですね」

村人に声をかけられて、まんざらでもないといった様子で、貴族的に顎を上げて、ギルバートは気取ったステップを踏んでみせもする。

腕を引かれるとオリヴィアの体はすっぽり彼の胸に収まって、腕を離されると自由なターンを繰り返したり、気持ちのままに陽気なステップを刻んだりした。

周囲から拍手が上がる。

オリヴィアは、ギルバートと顔を見合わせて笑った。

自分でも、彼と息がぴったり合っているのがわかった。まるでオルゴールに閉じ込められた一組の人形みたいだ。オリヴィアの体は、ギルバートの手にあつらえたようにぴったり馴染んだ。

この気持ちを、なんと言えばいいのだろう。

高揚する気持ちのままにオリヴィアが口を開こうとしたとき、鋭い鐘の音があたりに響き渡った。

「山賊です！　こちらに押し寄せてきます！」

ギルバートの表情がさっと変わり、周囲の雰囲気が引き締まる。

「規模は？」

伝令の者に尋ねる横顔は、どこまでも冷静だった。

「山を下りながら、数を増やしています。ここに来るころには百人程度にのぼるかと」

「この場にいる騎士だけでは心もとないな」

顎を撫でながらギルバートが言う。

「隣町を巡回している仲間に応援を要請する必要がある。手段はあるか？」

「困りましたね。日が暮れてしまうと、伝書鳩は使えません。早馬しかないでしょう。しかし、夜道は落石が多く危険です」

「私が行きましょう」

咄嗟に、オリヴィアは志願した。

「私は目がいいですし、悪路での馬の扱いにも慣れています」

ギルバートは最初ぎょっとしたようだったが、心を決めた様子のオリヴィアを、いま一度、確かめるように見つめてきた。

「私は戦力としては心もとないですので、待機していても大してお役には立たないでしょう。しかし私はギルバート閣下の部下の中で一番小柄で軽いので、早く馬を走らせることができます」

「そうだな」

ギルバートの目にわずかに心配するような色が灯ったものの、すぐに騎士団長らしい毅然とした態度に変わる。

「任せても構わないか」

オリヴィアは力強く頷くと、馬に飛び乗った。

オリヴィアの馬は、ギルバートが選んだ。勇敢で落ち着いた性格の芦毛で、矢のように走る。

幸い今宵は見事な満月が、足元を照らしてくれる。

それでも、いつ山賊が現れるかわからない峠を越えるのはおそろしかった。

馬が小さな穴につまずいただけで、オリヴィアは道端に投げ出されるだろう。

けれどオリヴィアは全速力で馬を飛ばした。

騎士団と行動をともにすると、北の山から下りてくる侵略者たちが、いかにおそろしいものかは身に染みて学ぶことになる。

男は殺されて女子供は奴隷として連れ去られる。死体はその場に捨て置かれる。おまけに山賊たちは体が大きくて、まるで冬眠明けの熊のように凶暴なのだ。

オリヴィアが間に合わなければ、あの村の皆も犠牲になるかもしれない。

血まみれで力なく横たわるギルバートを想像して、オリヴィアはぞっとした。

決してそんな行為を許してはいけない。使命感でオリヴィアの胸は燃え、恐怖の影は薄らいだ。

運命よりも速くかけようと、風のごとく夜を走り抜ける。

オリヴィアはまるで自分が本物の騎士になったかに感じた。誇らしく勇敢な。

決してふり返らず、戸惑わず、小川を飛び越え坂道を走り抜け、そして、オリヴィアは無事に仲間との合流を果たした。

「よくやったぞ、オスカー」

息も絶え絶えにかけこんできたオリヴィアからの報告に、隣町にいた騎士たちはすぐさま用意を整えて応援にかけつけていった。

夜明けごろ、戻ってきた伝令が、ギルバートの隊は村の手前で見事侵略者を打ち破り、村人に犠牲者は一人も出なかったと教えてくれた。

「村人には……」

ほとんど無意識に、オリヴィアはつぶやいた。騎士団の面々は、無事だったのだろうか。不安に思いながらもオリヴィアが村に引き返していると、朝日を受けた丘の上で、騎士団に迎えられた。

「お手柄だったな、オスカー」

そう声をかけてきた男は、美しい金髪をなびかせていた。

傲慢で強い騎士団長。ローレンシア王国の第三王子のギルバート。

「ご無事でしたか」

オリヴィアは、身も世もなく転がるように走り寄り、ギルバートを強く抱きしめたくてたまらなかった。

そしてそれ以上に強く抱き返されて、気絶するようなキスをされたかった。

その感情を押し殺して、オリヴィアはそっと頭を下げるにとどめた。


「今日の働きは最高だったな。明日には城に戻る。なにか褒美が欲しければかなえよう」

その夜、宿でそんなことをギルバートに言われて、オリヴィアは涼しい顔を取り繕って、なんとか乱れたままの心を静めようとした。

「褒美など、ギルバート閣下が王族らしい所作を完璧に身につけてくれさえすれば充分です」

「まったく、お前には欲がない」

けれど、そんなオリヴィアに気づかず笑っているギルバートを目のあたりにすると、オリヴィアの中にひそんでいたなにかの箍が外れてしまった。

ほとんど引き寄せられるように、オリヴィアは彼の前に足を進め、背伸びをして、初めて自分からギルバートにキスをした。

「では、抱いてください。ギルバート様」

吐息とともに、訴えた。

今にも縋りつきたいほどの、あふれる欲望をまなざしに湛えて。

「最後まで抱いてください」

その訴えがよっぽど切実に見えたのか、それとも別の理由か、ギルバートは笑みを消すと、まじまじと彼女を見つめる。

「まさかお前、俺に傷物にされたいのか」

「ええ、構いません」

オリヴィアは怯まない。

口に出して改めて自覚したのだ。オリヴィアはずいぶん前から、ギルバートに抱かれたかった。

「以前、ギルバート様がおっしゃったことですよ。言わなければ誰にもばれないと。あのころは、そんなことは許されないと思っていましたが……今は、確かにそのとおりだと感じます」

本音は、嘘をつき続けたままの結婚生活を送ることは、今でも無理だと思っている。誰かを裏切るつもりもない。

それでもオリヴィアは、どうしてもギルバートと最後までしたかった。もはや、彼に最後まで捧げた先に見える感情を、確かめずにいられなかった。

「私は、それを望みます」

ギルバートの熱い杭を体の奥に打ち込まれて、彼の生を自分の肉に刻み込みたかった。

「オリヴィア」

ギルバートが、オリヴィアの本名を口にする。

「お前、後悔するぞ」

ギルバートの手が、オリヴィアの腰に伸びてくる。

「後悔？　なにをですか？」

「俺から離れられなくなる」

「自信家ですね」

彼に触れられた、と思ったときには、嵐のようなキスに攫われていた。

強風に揉まれる木の葉みたいに、二人もつれ合いながら寝台を目指す。

彼らのたどったあとには無造作に投げ捨てられた衣服が点々と落とされている。

寝台に沈んだころには、二人とも一糸まとわぬ姿だった。

素肌が触れ合うところから、発火しそうな熱が伝わる。

ギルバートの裸は軍神めいて美しかった。それだけに、白くなめらかな肌に浮き出る静脈の隆起がなまなましい。

美しい顔が野蛮に舌なめずりする迫力を、オリヴィアは直視できなくて、思わず目を伏せてしまう。

「こちらを見ろ、オリヴィア」

けれど、すぐさまギルバートに顎を摑まれて元に戻される。

燃えるような青い目に、オリヴィアの心は射貫かれる。

「これから俺になにをされるのか、ちゃんと見ているんだ」

ギルバートの指が見せつけるように、オリヴィアの胸に触れる。それから、形が変わるくらいに強く揉んで、薔薇色の先端に甘く歯を立てる。

「あっ」

オリヴィアの胸の先は、すでに硬くしこっていた。

わずかに歯先が触れるだけで、腰の奥にぞくぞくとした官能が湧き起こる。

「あっ」

ギルバートはオリヴィアの胸を執拗に愛撫しながら、彼女の上に覆いかぶさってくる。

彼の体の放熱を、むき出しの皮膚に感じる。オリヴィアは、全身で彼の重さを感じて呼吸が切なくなった。

ギルバートが、股間のものをオリヴィアの太ももに押し付けてくる。

そこは充血して、そそり立っていた。

肉棒のつるりとした先端が、オリヴィアの内ももをずり上がり、湿ったスリットにぐっと押し付けられる。

割れ目の中に眠っていたオリヴィアの肉豆は、彼の先端につぶされるように押し上げられるたびに、びくびくと震えて屹立していった。

「あ、あん」

ゆるく腰を揺らめかす。

オリヴィアの体の奥はじんじんと痺れて、熱い愛液をじゅわりと漏らす。

「物欲しげだな」

掠れた声で耳打ちをして、ギルバートがオリヴィアの耳を噛む。

その指が、オリヴィアの割れ目の先端で主張する肉の芽を摘む。

「うんっ」

「見てみろ、勃っている」

「あっ」

恥ずかしくて、オリヴィアが脚を閉じようとしても、いつのまにかギルバートの逞しい腰がしっかりとオリヴィアの脚の間に陣取っていて、かなわなかった。

「ここが好きだろう」

「あっ、そこは、あんっ！」

こすこすと小さな芽をしごかれて、先端の皮をめくられる。オリヴィアは細かく痙攣しながら、無意識に脚を開いていく。

「ほらここも、ふくらんでいる」

オリヴィアの、和毛に覆われた丘が親指の先で軽く引っかかれ、同時に人さし指が割れ目に添って下りてくる。

「あっ」

そして、つぷり、と指がはいってきた。

花芯をいじられながら、中を引っかけるように擦り上げられると、オリヴィアの頭の中は白く霞んで、ただ動物的に腰をがくがくと揺らすばかりになる。

「あっ！　うん！」

くん、とつま先でシーツをかき乱しながら、オリヴィアは一度目の絶頂にかけ上がった。秘めた肉の中が熱く潤んで、ひくりひくりと痙攣している。それに合わせて、垂れ流れていく熱い蜜が、ギルバートの指を濡らす。

自分自身の体の浅ましい動きに、オリヴィアは逃げ出したくなる。

ふいについ数時間前のできごとを思い出す。

一人で馬を駆っているときはまるで自分が騎士であるかのように高揚していたが、馬を下りればすぐにギルバートを失う恐怖に襲われた。

一刻も早く彼の無事を確かめたかった。過去も未来も、恥も外聞もかなぐり捨てて、彼の体のぬくもりを、彼の脈打つ心臓を、彼の生きている証しのすべてを確かめたかった。

オリヴィアは必死で目の前の体にしがみついた。

「積極的だな」

ギルバートはまんざらでもない様子で、オリヴィアの腰を撫でる。

「俺はそういう女が好きだぜ」

誰かと比べるような台詞に、オリヴィアの胸が、ひやりと冷えた。

けれどその感情がなんなのか理解できないオリヴィアは、ただがむしゃらに、ギルバートの腰に脚を擦り寄せる。

「ん、ギルバート様」

「なんだ」

軽いキスが降ってきて、オリヴィアの中の指が増やされる。ぐちゅぐちゅと聞くにたえない音がする。

「教えてください」

「なにをだ？」

「前に言っていたでしょう。男の弱点を」

「はは、言われなくても」

ギルバートがオリヴィアの手首を乱暴に取る。

「これがそうだ」

「あ……」

そして、オリヴィアの手に自分の欲望を握らせた。

硬くそそり立ち、鎌首を持ち上げるそれは、血管が浮いて脈打っている。

ギルバートの美しい顔の下に、こんなおそろしげなものがついているとは、想像もつかなかった。

「驚いたか？」

ギルバートが口角を上げる。

「怖くなっただろう、こんなものをお前はこの敏感な場所に、くわえ込むんだ」

「あっ」

ひたりと、それをあてがわれる。

オリヴィアのそこが、不随意に、どくりと収縮する。

「最初は痛いぞ」

くりくりと、円を描くように押し付けられて、オリヴィアのそこはいよいよ切なくなる。

「でも、それがあなたの弱点なのでしょう？」

囁くように問いかける。

そして震える指で彼の怒張をなぞると、ギルバートが鋭く息を吸った。

「……ああ、そうだ」

　ギルバートが、痛みを堪えるような、くぐもった調子で頷く。

「男はここがこうなると、もう入れることしか考えられなくなる。それにこれは、見かけよりもずっと敏感だ」

「……そうなのですか」

「お前の狭い内側でこれを締め上げられたら、俺は犬ころよろしくよだれを垂らして、みっともなく腰を振るだけの動物に成り下がるのさ」

「ふふ、想像できませんが」

　そう言いながら、オリヴィアは腰を持ち上げる。

　そして自らそこを指で開いて、ギルバートを迎えに行った。

「お前」

　眉を寄せたあと、ギルバートは凶暴そうに睨みつけた。

「泣くなよ」

　オリヴィアが小さく頷くと、彼が息をのみ、次の瞬間には熱いものがオリヴィアの中に潜り込んできた。

「あっ」

ぴりりとした痛みを感じたものの、続く圧迫感はそれどころではなかった。

「アッ……！」

熱くて硬くて、オリヴィアの柔らかく濡れて敏感な粘膜を、容赦なくえぐる。

涙が滲むくらいに、入り口に痛みを感じる。けれど、堪えて脚を開く。

「はっ！　あん」

ぐっと、下腹部を引っかけるように押し上げられて、オリヴィアは声をあげる。

「ここがいいのか」

「わからな、あんっ」

下腹部を手のひらでぐい、と押される。

すると、ひりつく痛みの奥から、滲み出る感覚があった。

「は、ああっ」

それは確かに快感だった。

肉芽で得る絶頂よりも、もっと深い場所からその気持ちよさが湧き上がってくる。

それでもまだ苦しさのほうが上まわっていた。

「あっあん！」

ギルバートの動きは決して乱暴なものではない。

むしろじれったいほど緩慢だった。

とはいえその質量は圧倒的で、小刻みに揺らされながら奥へ奥へと挿入されるだけで、オリヴィアの隘路はいっぱいになって、今まで知らなかった官能に襲われて、身悶えることになった。

まるで下半身が別の生き物になったようだった。

暴かれる痛みはまだ残っているのに、オリヴィアの内壁は、彼女の意思とは関係なく、みだりがましくギルバートの欲望に絡みついて締め上げる。

そして、ギルバートのそれがもたらす感覚を貪欲に吸い取ろうとしている。

「いいぞ、オリヴィア」

ギルバートがふいに優しくオリヴィアの頭を撫でてくる。

「辛くはないか」

「……いいえ」

その温かい声に、オリヴィアは戸惑いながらも彼を見上げた。

いつのまにかオリヴィアは、ギルバートを根元まで受け入れていた。

目の前の男の表情からは、いつもの余裕のある、すかした笑みは消えている。

かわりに、必死にあふれるものを堪えている顔で、オリヴィアを見ている。

「わかるか、これも男の弱いところだ」

「……えっ」

わけがわからず、オリヴィアは戸惑ってしまう。

「男はここまでくると引き戻すことができない。女が許してくれるまで待つしかない。お前はもっと辛いだろうが、俺も急所をお前の中に預けている。俺たちは今、互いの弱みを預け合っているんだ」

そう言って、ギルバートがオリヴィアの頬にキスをする。

それからじっくりと、オリヴィアを見つめながら、丁寧に彼女の乱れた髪を整えてくれる。

「もし将来、お前の許可を得ずに、お前の中を好きに使おうとする男がいれば、そいつは男じゃない。股にぶら下がっているものをねじ切ってやれ」

「……はい」

物騒なことを言うのに、少しも怖くなかった。むしろ胸がくすぐったくなって、オリヴィアはくすくす笑った。

そのたびに、受け入れた部分がひりひりとしたが、もうあまり気にならない。

「動いていいか？」

だからそう言われて、オリヴィアはほとんど無意識に、頷いていた。


「あっあああ！」

三度目の体位の変更で、オリヴィアは四つん這いにされて後ろから突かれた。

汗がぼたぼたとシーツに落ちて、互いの体のぶつかる音が部屋に響いている。

もう何度イッたことだろう。

内側でイク感覚はすごくて、それを一度覚えると何度でもイケてしまいそうで怖いくらいだ。

「体力がついてきたな」

「え、でも、もう」

泣き言まじりにくずおれそうなオリヴィアの腕を、ギルバートは馬の手綱を引くように引っ張った。

「うんっ」

背中がそり返ると、オリヴィアの中で暴れている欲望が刺激する場所が変わり、新たな快楽が顔を覗かせる。それを味わおうと腰を揺らめかすオリヴィアを、ギルバートの大きな手がしっかりと固定する。

「オリヴィア」

彼が耳元で囁いて、耳の穴に息をふきかける。

そのままがくがくと揺さぶられて、オリヴィアは獣のような悲鳴をあげて今日何度目かもわからない絶頂へとかけ上がっていった。


「やりすぎです」

息が整ったあと、オリヴィアは抗議した。

「初めてだったのに」

情緒というものが……と、ぶつくさこぼすオリヴィアの頬を、ギルバートが軽く抓る。

「これも男の弱点だ。一度火がついたら止まらない。愚かにも、相手を何度イカせられるか試したくなる」

涼しい顔でそう言ってのける。

「それは、ギルバート様の、調子のいい弱点なんじゃありませんこと？」

「んん？」

「私の上で必死に腰を振って……確かに隙だらけでしたわね」

正直に言えばギルバートがどんな様子だったかまったく見る余裕などなかったが、オリヴィアは悔しまぎれに言い返した。

「みっともない俺を見られるのは女の特権だぞ」

ギルバートはにやりと口角を上げ、彼女の艶のある髪を指でくるくると弄ぶ。

「いつ見ても綺麗な髪だ。隠しておくのは勿体ない」

「それは私の機嫌をとっていらっしゃるの？」

つんとそっぽを向いていると、しばらくして、ギルバートがぼそりと尋ねた。

「お前、そんなに怒っているのか。乱暴に抱かれて愛想が尽きたか」

「……？　いいえ？」

唐突さに、オリヴィアがほとんど条件反射でかぶりを振ると、ギルバートは満足そうに鼻を鳴らした。

「では、俺との性行為は気に入ってくれたのか？」

「気に入ったまでは言えませんよ、比較対象がありませんから」

「まあそうだよな。初めてだったもんな、お前」

嬉しげに、彼女の頬を軽く叩いてくる。

「またやろう」

悪びれない態度にオリヴィアはむっとしながらも、拒否できなかった。

未来にまたこうやって、彼の隣で裸でいられる約束ができて、嬉しかった。

第七章　オリヴィアの成長

オリヴィアは、騎士たちとともに剣を振るう。

もう剣の構えは、騎士と並んでも遜色ないほど堂に入ってきた。まっすぐ振り下ろした剣で、枝くらいなら切り落とすことができる。

体力作りの素振りと乗馬の効果か、今まで持ち上げることのできなかった重いものも軽々運べるようになっていった。

もちろん熟練の騎士と互角に渡り合えるわけではない。

それでも王都の街で、理不尽な言いがかりをつけて人を脅すようなちっぽけなならず者程度なら、剣を抜かずとも気合だけで追い払える程度に騎士の覇気を習得しつつあった。

毎日モリモリ食べてバリバリ動くせいか、胸と尻にボリュームが出て、めりはりがついてきた体形を、オリヴィアは気に入っていた。

詰め物も、前のものでは間に合わなくなった。

マリーゴールドはオリヴィアの身支度を手伝うたびに、その魅力的な体のラインが隠れてしまうのを残念がった。

「お嬢様のこのゴージャスな腰のくびれを、こんな無粋な詰め物で隠してしまうのが残念でなりませんわ」

「そうかしら。私は強そうに見えるほうが嬉しいわ。これでもまだ騎士の皆と比べたらずいぶん華奢だから、もっと鍛えたいところだけれど」

そのつぶやきにマリーゴールドは震え上がる。

「お嬢様、お体を鍛えるのはよろしいですが、あまり根を詰めすぎて、あの熊みたいなむくつけき連中の仲間入りは、ゆめゆめなさらないでくださいませ」

「あら、見慣れると、殿方はあのくらい逞しくないと物足りない気がするわ」

にこっとして、オリヴィアはマリーゴールドの頬を軽くつつく。

「あなたもほっぺたがふくふくとして可愛らしくなったわね。騎士の奥様方に大人気ですもの。今日の黄色いスカートも似合っているわよ。本当にマリーゴールドの花の妖精みたいだわ」

そうですか？と、案外おだてられやすいマリーゴールドはおしゃまなポーズでくるりとまわってみせる。

「お母様たちも私の仕送りで、お腹いっぱい食事ができていればいいけれど」

グレアムは、契約よりもずいぶん多くの給金をオリヴィアに与えてくれていた。

『オスカー殿が来てくれてから、ギルバート閣下の変化は目覚ましい。本当に助かるよ。今日は王と王妃の居室まで挨拶に伺ったそうだ』

城ですれ違うたびに、グレアムは何度もオリヴィアに感謝の言葉を繰り返した。

礼儀作法を習得するのはもちろんとして、今までどこかぎこちなかった、ギルバートと両親の関係が和らいだことも、喜ばしいばかりのようだ。

「お嬢様、今度の休暇にでも、実家に戻られてみてはいかがです?」

「それもいいわね」

口ではマリーゴールドに同意しつつも、オリヴィアは任期が終わるまで帰省する気はなかった。

両親のことはいつだって恋しく思っている。

故郷の広大で美しい景色を楽しみ、すがすがしい空気を胸いっぱい吸い込みたい。

とはいうものの、オリヴィアは都市での生活にすっかり馴染んでいた。

それに、もし帰省している間に、オリヴィアが王都で男として暮らしていることを両親がなにかの切っかけで知ろうものなら、もう二度と屋敷から出してもらえない気がする。

ばれないにしても、オリヴィアはここ数ヶ月でずいぶん日焼けしてしまったし、自室で女の子の姿に戻っているときすらうっかり男の仕草が抜けなくてときどき大股でのしのし歩いてしまう。それだけでもきっと両親は驚いて心配するだろうから、帰るのは賢明ではないだろう。

「けれど今年の社交シーズンももうすぐだわ。私は二月の議会開催のさいに開かれる正餐会までに、ギルバート様に一通りの立ちふるまいを身につけていただくのを、一段階目のゴールに決めているの。だからあまり間がないのよ」

「そうでしたわね。長くとも、あと数ヶ月したらこのお仕事も終わりですものね」

少し寂しそうなマリーゴールドの言葉に、オリヴィアは、自分が話を振ったにもかかわらず、ぎくりとする。

そうだ。五月になり社交シーズンがピークを迎えるころ、オリヴィアの任期は終わる。ギルバートの社交界への参加が成功すれば、オリヴィアは王都にとどまることも可能だろう。マナー講師として小さな住居を構え、そこに両親を招待することもできるかもしれない。

それでも、毎日のようにギルバートについて過ごす生活は終わってしまうのだ。

けれど、オリヴィアにとってその別れはあまりにも遠いことのようで、いまだ実感がなかった。

それほどオリヴィアは、ギルバートと濃密な時間を過ごしている。

オリヴィアの青白い頬はすっかり健康的な肌になった。彼の側にいるだけで、男装しているはずなのに、まるで頬は紅をさしたように薔薇色に染まるのだ。

ギルバートの手ですっかり女として成熟した肉体を、男の衣装に押し込めた姿はどこかアンバランスで、あやうい魅力をあたりに振りまいていることにオリヴィア自身は無頓着だった。


ある日、団長を含む仲間たちとオリヴィアが酒場で飲んでいると、見知らぬ少女がオリヴィアに声をかけてきた。

「私、以前、市場でオスカー様に助けていただいたことがあるのです」

「そうですか」

オリヴィアは、彼女の顔に覚えがなくて目を泳がせた。

「覚えていらっしゃらなくてもいいんです。暗い場所でしたし、私は怖くてほとんどうつむいていましたから、オスカー様は私の顔を見てもいないかもしれません」

オリヴィアの戸惑いに気づいた様子の彼女は、安心させるように気にしないでくださいと眦をゆるめた。

「そのときの私は恐怖に震えるばかりで、失礼にもあなた様に顔を向けて、まともにお礼を言うこともかなわない状態でした。忘れていただいたほうが、むしろありがたいほどです」

「失礼だなんて思いませんよ。怖い目にあったのでしょう」

「お優しいのですね。あの、隣に座ってもよろしいでしょうか」

「ええ、もちろん」

オリヴィアが快諾すると、彼女はもじもじと上目遣いでオリヴィアを見ながら、隣に腰掛けてきた。比較的広い席なのに、オリヴィアと肩が触れそうなほどの近さに腰を落ち着けてくる。

彼女は小柄で、愛らしい顔立ちをしていた。

「私、ずっとオスカー様にお礼が言いたいと思い続けていたのです。それだけは知っていただきたくて」

そう言って、オリヴィアのグラスに酒を注ぐ。

まだ幼さを感じるふくふくと白い手に、オリヴィアは一ヶ月ほど前、市場の路地に連れ込まれそうになっていた少女を思い出した。

か弱そうな小さい手が、大きな男に向かって必死で抵抗する姿が痛ましくて、かっと頭に血がのぼったオリヴィアは、怒鳴って剣を抜き、仲間とともに暴漢たちを捕まえたのだ。

とはいえ実際暴漢を捕まえたのは騎士たちで、オリヴィアがしたのはただ震える彼女の側についていただけだったけれど。

もしかして、あのときの彼女だったのだろうか。

「あなたは助けていただいたとおっしゃいますが、私は強い騎士様に同行しているだけのしがないマナー講師です。暴漢を見つけても追い払ってくれるのは騎士様です。私ができるのはせいぜいその補佐程度ですから、人違いではないでしょうか」

「いいえ、そんなことはありません。あなた様は、私の震えが止まるまで側にいてくださいました。震えるばかりの私に根気よく優しい声をかけてくださって、安全な場所まで付き添ってくれました。それがどれほど私を救ってくださったでしょう。あのときのあなた様は、私のたった一人の味方のように感じられました」

「はは、それは役得だな」

「オスカー様のその穏やかなお声、決して忘れません」

「あ、ありがとう」

オリヴィアは、わざと低く作っている声を褒められて、いたたまれなくなった。

「よろしければご馳走させてください。今日オスカー様がこのお店にいらっしゃると伺って、ずっとお待ちしていたのですよ」

そう言って、しっかり抱えていた瓶の口を差し出してきた。

「ありがとう、でも私はあまり、お酒が強くないから……」

言っている先からなみなみと注がれてしまう。仕方なくお礼を言うと、彼女はにっこりとした。

「これからも、オスカー様とお呼びしてもいいですか?」

「ええ、もちろん」

「では、再会を記念して」

器をかかげた彼女は、自由なほうの手を、ごく当然のようにオリヴィアの太ももに乗せてきた。

「乾杯」

体をオリヴィアのほうに傾けて、笑ったはずみみたいにオリヴィアの腕に頬を擦り寄せる。

「……?」

一体この子はどうしたことかと困惑していると、ふいに、オリヴィアの隣で黙って経過を見守っていたギルバートが耳打ちをしてきた。

「お前、この女に誘われているぞ」

ギルバートは、いかにもおもしろそうなことがはじまったとばかりの悪い笑みを浮かべている。

「えっ、まさか」

オリヴィアは思わず素っ頓狂な声を出してしまう。

「オスカー様？」

「いや、なんでもないんだ」

どっと冷や汗をかきつつも、オリヴィアはなんとか彼女を傷つけずに誘いを断る方法はないかと必死で頭をひねった。

けれどどんな会話も、彼女は自分に都合のよい方向に受け取って、さらに距離を詰めてくる。

一見内気に見える彼女の、たじたじになるほどの積極性に、やはり都会の女性というのはしっかりしているのだなと、現実逃避気味に感心した。

酒宴の終盤には、オリヴィアはとうとう壁際まで追い詰められていた。

「申し訳ない。私は誰とも付き合うつもりはないんだ」

　恐縮しつつも明確に意思表示をして別れを告げると、彼女は残念そうにしつつも、そっと白い花を一輪、オリヴィアの胸につけてくれた。

「ではオスカー様、気持ちが変わりましたら、いつでも私を迎えに来てくださいませ」

「いや、その」

「この街で誰かに白い花を贈るのは、いつまでもあなたの愛を待つという意味があります」

　流し目を残して、彼女はするりとオリヴィアの胸に触れて、去っていった。


「もてるようになってきたか」

　彼女が去ると、ギルバートがすぐにオリヴィアを茶化してくる。

「あの女、隣にいた俺には目もくれずにお前に夢中だったぞ。変わった趣味をしているが、一途な女だ。お前好みだろう、ああいう子は」

「やめてください。彼女に失礼ですよ」

　そう言いながらも、オリヴィアは彼女にもらった花を大事に撫でる。

かなり強引に誘われたのに、不思議と彼女に嫌悪感はなかった。

「しかし、私は誰かに告白されるなんて、初めての経験です。あんなにまっすぐ、人に好意を向けられるのはくすぐったくて……なんだか素敵なことですね」

しみじみとそうつぶやくと、ギルバートの笑みが消えた。

「どうしました？」

オリヴィアが首をかしげると、ふいに手首を引かれて、路地に連れ込まれた。

「なに、ん！」

そして、荒々しくキスをされる。

いつもの、教え込むような、ゆっくりしたそれではない。口の中を暴れまわる舌先は、まるで口腔を貪るように乱暴だった。

「あっ、ん、やめ」

苦しくて、頭を振っても、ギルバートの舌は執拗に追いかけてくる。

「んっ」

そのうえ、オリヴィアの脚の間に、彼の長い足が差し込まれ、股間をぐっと持ち上げられる。

じん、と痺れる官能に促されそうになりながらも、オリヴィアは彼を押しのけた。

「なんですか、嫉妬でもしているのですか？」

また気まぐれな悪戯かと、冗談めかして問いかける。

「……まさか！」

ギルバートは、はっとしたような顔をしたあと、ふんと鼻を鳴らした。

「そんなわけがないだろう。俺が好きなのは女だからな、オスカー」

それでも、オリヴィアに体を押し付けたまま、彼女の布でしっかり固定されている胸を軽く叩く。

「まあ、確かに嫉妬はしたな。お前のほうが俺より女にちやほやされるから、ちょっと気に食わなかった」

「なんですか、それ。子供みたいですよ」

まるでオリヴィアを女だとは思っていないような物言いに、胸がちくりと痛んだ。

「まあ、俺が直々に鍛え上げて、お前は男ぶりが上がったからな、仕方がない。お前はどんどんこれから女に人気が出るだろうな」

「それは困りますね。ご好意はありがたいですが、受けるわけにはいきませんから……」

眉を下げて言うと、それでギルバートは溜飲が下がったのか、機嫌がよくなった。

「お前みたいな優男は、不思議と女のウケがいい」

そう言いながらオリヴィアの腰を掴んで持ち上げ、胸に顔をうずめてくる。

「やめてください、酔っているんですか」

「なんでそうもてるんだか」

そのまま甘えるようにぐりぐり頭を擦り付けるから、オリヴィアはくすぐったくて笑ってしまう。

「優男は私だって好きですよ。上品で人の気持ちを思いやれる優しい男性が嫌いな人間などそういないでしょう。乱暴者は幼稚だと嫌われます」

「だったら俺はもてるから、優しいんだろうな」

頭を擦り付けたせいで乱れた前髪の隙間から、少し拗ねたようなギルバートがオリヴィアを見上げてくる。

「いいえ、あなたは顔がいいだけ」

つんとして返すと、ギルバートがにやりとして、オリヴィアに顔を近づけてくる。

「ほう、じゃあ、お前も俺の顔がいいと思っているのか?」

「……見飽きましたよ」

当然です、と返すのも悔しくて、オリヴィアはそっぽを向く。

「では、今度はどちらがより多くの女から好意を寄せられるか競争するか?」

「嫌ですよ、人の心を弄ぶような真似はしません」

「お前はどこまでも真面目だな」

ギルバートがいつもどおりの調子で、からりと笑う。

「あなたがひどい男なだけですよ」

それに言い返して、オリヴィアは、自分の胸の痛みから目をそらした。

第八章　騎士団長の悪友

「やあやあ、お邪魔するよ」

昼食後の休憩時間に、やにわに外が騒がしくなったかと思えば、ばたんとドアが開いて、見慣れない男がずかずかと部屋にはいってきた。

「デミアン！　来たのか」

一瞬身構えてしまったオリヴィアの隣で、ギルバートは特別驚いた様子もなく立ち上がって彼を迎える。

「ようやく忌々しい冬が終わりそうだぜ！　長かった！　一息ついたら、王都が恋しくなってな。数日だが邪魔するぜ」

「お前は北国の育ちなのに、本当に寒いのが嫌いらしい」

「母が南国の出身なんだよ」

艶のある黒髪とはちみつ色の肌は、なるほど南方の国の人々を思わせる。

「あーあ。冬の間は、南方の別荘にこもっていたいよ」

けれど凍るような灰色の目と広い肩幅は、厳しい北の国の人々を彷彿とさせる。

「雪と一緒に山から下りてくる連中さえ根絶やしにできればなあ。数が多すぎる。まあ俺がいる間は攻め込ませる気はないが」

「それは頼もしい」

「戦い疲れた体を癒やしに来たんだ。ねぎらえよ」

「もちろんだ」

デミアンと呼ばれた男は、気安い様子でギルバートにハグをする。

王族に対するその馴れ馴れしさに目をむいていたオリヴィアだが、よく観察すれば彼の衣装は見事な刺繍が施されているし、そもそも見知らぬ人間が王子の居室までやってこられるわけがない。

「おや、これは知らない子がいるな。お稚児さんかい」

じろじろと眺めていると、ようやくデミアンがオリヴィアに気がついた。

稚児とはなにごとだとむかっとするオリヴィアの肩を、ギルバートがごく自然に抱き寄せる。

「彼はオスカー・リヴィングストン。俺のマナー講師だ」

促すようにギルバートがオリヴィアの背中を押すので、オリヴィアはあわてて姿勢を正してデミアンに挨拶をする。

「初めてお目にかかります。オスカー・リヴィングストンと申します」

「はは、なるほど。まだ王はお前が上品な男に変身することを諦めていないわけだ」

デミアンは、ふむと、オリヴィアのつま先から頭のてっぺんまで品定めをするようにじろじろと観察したあと、どこかよそよそしい笑みを浮かべた。

「俺はデミアン・エインズワース。エインズワース公爵の次男坊で、北方の城塞の警備を担っている」

「デミアンは大変勇猛で腕が立つが、公爵家の次男というにはずいぶんと荒々しいから驚くだろう」

「お前には言われたくないな」

笑って紹介するギルバートはいつもよりもずいぶん砕けた調子だ。たぶんデミアンは仲のいい友達なのだろう。

それだけなら微笑ましいのだが、とオリヴィアは嫌な予感に身震いした。

そんなオリヴィアの気も知らず、デミアンは気安くギルバートの肩に腕をかける。

「それより今夜はあいているか？　いつもみたいに街を案内しろよ。この間の店、女の揃えがよかったぜ」

　さっそくとばかりに白昼堂々娼館の話をしはじめるデミアンに、オリヴィアは仰天した。

　しかも彼は、市井の女を買おうとしているらしい。

　オリヴィアは以前、城下の商人たちから聞いた、ギルバートのたちの悪い友人の話を思い出した。

　金払いはいいけれど態度の悪い客とは、きっとこの男のことだろうとぴんとくる。

「ギルバート閣下、ご友人とのお付き合いは大事ですが、娼館遊びはよろしくありません」

「固いこと言うねえ、男ならたまるものはたまるんだよ」

「だからといって、あなた様のようなご身分の方が、市井の皆様を性のはけ口にするのは褒められることではありませんでしょう」

　思わず食ってかかると、デミアンはひょいと片方の眉を上げてみせる。

「これはまた、見かけよりもずいぶんと威勢のいい講師がついたものだ」

　デミアンはオリヴィアとの身長差を強調するように、わざとらしく腰をかがめて、顔を近づけてくる。

　その見下した態度は初期のころのギルバートを彷彿とさせた。

傲慢で不遜で、オリヴィアを小馬鹿にしていた。

そういえば、いつのまにか、ギルバートは、オリヴィアにそういった態度はとらなくなった。

最近のギルバートがオリヴィアの前でかがみ込むとすれば、うるさい会場でも会話を聞き取りやすく気を使ってくれるときか、キスをするときだけだ。

だからひさびさに侮辱されてオリヴィアはむっとして彼を見返した。

「そうなんだ。こいつは見かけよりも獰猛でな。退屈しなくていい」

ギルバートが、睨み合う二人の間に割ってはいる。

「まだクビにはしないのか」

「ああ。確かに俺もそろそろ大人しくする年齢だと覚悟している」

ギルバートは、ちらりとオリヴィアを見てから、仕方ないとばかりに肩をすくめた。

「すまないな、デミアン。俺は女遊びはやめたから案内できない。かわりに今日は城で宴会をするからそれで許してくれないか」

「なんだよ、せっかく来たのに、また城に閉じこもれと言うのか？」

デミアンが、あからさまに不機嫌になる。

「北の貴公子の来城だ。王都には楽しみに待っているご令嬢も多い。彼女らのほうがお前だって付き合いが楽だろうに」

「あいつらはベッドの中にまで礼儀作法を持ち込むから面倒なんだよ。適当にあしらったらすぐに悪口を広められるしさ。俺はヤルだけヤッたらさっさと寝たい」

人でなしの発言を平然と言ってのけるデミアンに、オリヴィアは眉をひそめる。どうにも、人の道徳性というのは家柄だけでは育てられないらしい。

口出ししたい衝動にかられながらも、オリヴィアはおとなしく二人のやりとりを見守った。ギルバートはきっと、オリヴィアとの約束を守ってくれるだろうと信じて。

「俺はお前に、城から出るなとは言わないが、俺の顔を立ててしばらく娼館通いは控えてくれないか。かわりに昼間の市場でも案内しよう」

「なんだ、どうしちまったんだよ、ギルバート。まさか、このチビの優男に弱みでも握られているのか？」

「いいや、これは俺の意思で決めたことだ」

愕然としているデミアンに、ギルバートの態度は毅然としている。

「デミアン、お前のことは友人だと思っている。来てくれて嬉しいし、精一杯もてなしはしたい。だが、俺もそろそろ立場というものがあるのでな」

「お前が立場だと！」

吐き捨てるように言って、彼はオリヴィアをぎろりと睨みつけた。

怒るとひどく迫力があって、オリヴィアは思わず身をすくませる。

「まあ落ち着いてくれ、デミアン」

ギルバートのほうは長い付き合いで慣れているのか、動じない。

「飲みに行く程度なら付き合うぞ。新しい料理屋も増えたんだ。北では新鮮な食材を手に入れにくいだろう」

にこやかなギルバートに、デミアンは、気勢を削がれたとばかりに鼻を鳴らす。

「遠慮しておく。昼間は部下と街に出かける予定だからな」

「お行儀よくしてくれよ」

「まったくどうしちまったもんだか」

忌々しそうにしつつも、デミアンはギルバートと争うつもりはないらしく、それ以上の口論はせず、ただ力のはいった肩で怒りを主張しながら、荒々しく退出した。

「よいのですかギルバート様」

デミアンが引き下がってほっとしたものの、友情関係にひびが入ってしまったのではと心配するオリヴィアと対照的に、ギルバートは落ち着いている。

「なにがだ?」

「ご友人はかなり機嫌を損ねてしまいましたが」

「まあ、あいつも根っからの野蛮人じゃない。そのうち観念するだろう」

そろそろ、午後の演習にうつるかと立ち上がる。

マントの裾をさばく仕草も優雅で、いつのまにか、上流階級の人間らしくなったものだとオリヴィアは見とれる。

騎士としての勇猛さはそのままに、エレガントさを身につけたギルバートは、城の中でも際立って華やかな存在となった。

オリヴィアは毎日こつこつと、ギルバートの行動をひとつひとつ修正していくことに集中しがちで、案外ギルバートの雰囲気や他人への態度といった全体的な変化に気づかないこともある。

なので時折、こういった変化に急に気づいて胸を震わせるのだった。

「おい、お前、さっきからなにをにやついているんだ？」

「いいえ、なにも！」

ギルバートから放たれる気品に感動していたなんて言っても、きっと茶化されていると誤解してへそを曲げるか、調子に乗ってつけ上がらせるだけだ。

今も、ギルバートは歩みを止めて、彼に遅れてついていくオリヴィアを待っていてくれる。それだけで、まるで王子の肖像画みたいに絵になった。

すらりと伸びた彼の背に、ステンドグラスを通した繊細な光が降り注ぎ、光の翼が生えているようだ。

ギルバート様は、本当に王子様なのね。

オリヴィアは改めて実感する。

ギルバートはオリヴィアが追いつくのをちゃんと待ってくれているのに、なぜか遠い場所にいるように感じた。

「……どうしたんだ?」

顔を曇らせるオリヴィアの変化にも、最近は敏感に気づいてくれる。

「いいえ」

嬉しい、と思うのに、寂しい。

ギルバートがこうやって人を思いやり、そつのない対応ができるようになるたびに、彼の社交界への参加は近づいていく。

「ちょっとお腹が空きまして」

「最近ずっと腹を空かしていないか、お前」

「失礼ですね。新しい料理長のご飯が美味しいだけですよ」

「それは同意できる」

オリヴィアの歩幅に合わせて、ギルバートはいつもよりもゆっくりと歩いてくれる。

些細な気遣いが嬉しくて、オリヴィアは、先ほどの寂しさが心の中でほろりと溶けるのを感じた。

ギルバートといると、オリヴィアの心の中はいつも忙しい。ちょっとしたことで落ち込んで喜んではしゃいで、困って悲しんで。

こんな瞬間が永遠に続けばいいのにと、かなわぬことを望んでしまう。


日暮れ時にオリヴィアが一人で城内を歩いていると、誰かに腕を掴まれて、側の部屋に引き込まれた。

「お前、ギルバートを脅しているんじゃあるまいな？」

壁に押し付けられ、驚いて見上げると、それは先刻の来客、デミアンだ。

「デミアン様？」

なにごとかと眉を寄せるオリヴィアに、デミアンはすごむ。

「お前のせいなんだろう？　ギルバートがおかしくなってしまったのは」

「は？」

「どんな技を使ったんだ？　あいつがあんなに従順なはずがない」

どうやら、オリヴィアがギルバートを洗脳したか脅しているると疑っているようだった。

「いいえ、あれは正真正銘、ギルバート閣下のご意思です」

「嘘をつけ」

どん、と顔の真横の壁を殴られて、オリヴィアはびくりとする。

今のデミアンの気配は異様だった。オリヴィアへの敵意に満ちている。

「あいつは誰かの言うことを素直に聞くような男じゃなかった。孤独な狼みたいなやつだったのに、どうしてこんな野郎に飼いならされた？」

独白じみたことを口から漏らしながら、デミアンは無遠慮にオリヴィアの顎を掴んで上向ける。

それからようやくなにかを見つけたように、酷薄そうに目を細める。

「なるほどお前、綺麗な顔をしているじゃねえか。まるで女みたいに頬も柔らかい」

「なにをなさいます！」

デミアンの口調に異様なものを感じて、ぞっとして逃げ出そうともがくオリヴィアを、デミアンは片手で難なく封じ込めている。

騎士の訓練に参加するようになってからかなり力が強くなったはずなのに、デミアンの腕はぴくりともしない。軽薄そうな外見だが相当な強さをはらんでいる。

「おっと逃げるなよ」

くるりと体を反転させられて、デミアンに後ろから抱えられる。

「いい尻もしているじゃねえか」

抜け出そうと暴れる人間の弾力を楽しむように頬ずりしながら、デミアンが言う。

「この尻でギルバートをたらし込んだのか？」

「やめてください」

手首をひねられて、オリヴィアはその痛みに息をのむ。

「どれ、本当に男か確かめてやろうか」

首筋にデミアンの息がかかる。背中に嫌な汗が滲む。

それは、ギルバートから受ける悪ふざけとはまったく性質の異なるものだ。

デミアンはオリヴィアを、もののように扱っている。こちらに意思があるなんてまるで興味がなく、好きに扱っていいものだと考えているようだった。

「動けば折るぞ」

いっそ楽しげにぎりぎりと腕をひねり上げられて、オリヴィアはその痛みに呼吸もままならなくなる。

　殺される、と思った。

「やめ――」

「そんなところでなにをしている？　デミアン」

　なすすべもなくオリヴィアが震えていると、背後で声がした。

「ギルバート様」

　震える声でオリヴィアが告げると、彼がオリヴィアに気づいて目をむいた。

「おい、デミアン、俺の部下になにをしている？」

　乱暴な手つきで、デミアンからオリヴィアを引き剝がす。

「おい、ギルバート」

　どん、とギルバートに胸を押されて、デミアンが目つきを険しくする。

「デミアン、お前はローレンシアの北の守護神だ。だから大概のことには目をつむるが、決して俺の部下には手を出すな」

「なんだ、こんな片手でどうにでもなりそうなひ弱いチビを必死にかばって。お前、情けなくなっちまったな」

　つまらなそうに言うデミアンの胸ぐらを、ギルバートが摑んだ。

「デミアン、いいかげんにしろ、オスカーに謝罪するんだ」

「俺が？」

馬鹿にしたように笑う彼を、ギルバートが強く締め上げる。

「ギルバート閣下……もう、それくらいで……」

思わずオリヴィアが止めにはいるほど、二人の怒りは狭い部屋の空気をぴりぴりと緊張させていた。

「ここはお前の屋敷じゃないんだぞ」

ギルバートの気迫に押された様子で、デミアンが折れた。

「……わかった。申し訳ないことをした。二度としない」

同時に、ギルバートが彼から手を離して、デミアンの乱れたジャケットを整える。

「デミアン、お前とはこれからも末永く友情を築いていきたい。だからお前もそろそろ、ローレンシアの指揮官としてふさわしい男になれ。必要ならばいい講師も派遣する」

「ギルバート」

「それができないのなら、二度と気軽に城内に立ち入ることは許さない」

ギルバートが本気で命じていることに気づいて、デミアンは顔色をなくす。

「……変わっちまったな、ギルバート」

そのまま消沈したように肩を落として、デミアンは立ち去ってしまった。

「いいんですか、ギルバート様」

「まあ、潮時だろう。あいつの悪癖も、そろそろ悪い噂程度ではすまなくなってきた」

そう言ってから、ちらりとオリヴィアを見やる。

「デミアンが乱暴してすまなかった。いつも過酷な環境で任務についてもらっているからといって、俺も彼を甘やかしすぎた」

「私は平気です。驚いただけで。しかし、来ていただいて助かりました……」

「怪我はないか？」

ギルバートは辛そうに、オリヴィアの体に触れる。その後悔の滲む様子と、壊れ物を扱うような優しい触れ方に、どうしようもなく胸が熱くなる。

それはギルバートから与えられる快楽に、夢中になったときの体の熱さとは違うものだった。嬉しいのに、どうしようもなく泣きたくなる。ギルバートを求めて跪きたくなるような、狂おしい気持ちをかき立ててくるものだ。

「手首が赤くなっているじゃないか」

オリヴィアの手首にデミアンの指のあとを見つけて、ギルバートの顔がさらに歪む。

オリヴィアが傷つけられて、自らが傷ついたように心を痛めているギルバートに対し、申し訳なくなる以上に嬉しさを感じている。

「平気ですよ、このくらい」

思わず微笑んで、オリヴィアは彼を慰めるように逞しい胸にそっと手を置く。

「動かすのに問題ありません。少し冷やしたら元どおりになりますよ」

「では、氷をもらってこよう」

「必要ありません、そんな高価なもの。水で充分こと足ります」

「やはり、お前の手首を痛ませたデミアンに正式な謝罪をさせよう」

「それもいりません。デミアン様は、大好きなギルバート様を横取りされたように感じて、きっと寂しくなっただけですよ」

オリヴィアはもう一度、安心させるように、ギルバートに微笑みかける。

「ギルバート様、助けてくださって、ありがとうございました」

はにかんで頭を下げると、ようやくギルバートの気配がゆるんだ。

「……そうか」

肩から力を抜いて、オリヴィアの隣に並ぶ。

「……どうかしましたか？」

「いや」

軽く肩をすくめて、ギルバートは照れを隠すようにむっと口を引き結んだ。

「思い出したんだ。以前、お前に惚れた女がいただろう」

「ええ？　彼女がどうかしましたか？」

唐突な話題に首をかしげつつも、オリヴィアは続きを促す。

「彼女は、襲われておそろしい目にあったとき、側で力づけてくれたお前に惚れたと言っていた」

「そうですね」

「そしてお前も、優しい男は好きだと言ったよな？」

「そうでしたっけ？」

「そうだ。俺のような乱暴者よりも、優しく寄り添える男が、もてるのだと……」

そう言って、黙り込む。

なるほど、とオリヴィアは思う。

つまり、デミアンに乱暴されて傷ついているオリヴィアに寄り添うことで、ギルバートは慰めているつもりなのだろう。

「……ギルバート様、ずいぶん情緒がお育ちになられましたね」

「どういう意味だ」

「いいえ？」

そらとぼけると、急におかしくなって、オリヴィアはふき出した。

「ふふ、ギルバート様、そうですよ、男は優しさです。よいことを学ばれましたね」

「……いちいち口にするな」

気まずそうにふてくされた横顔を、オリヴィアは盗み見る。

ギルバートが、デミアンの行為を強く非難してくれて嬉しかった。決してオリヴィアの失態などとは疑わず、味方についてくれて嬉しかった。

助けてもらえて嬉しかった。

デミアンとの友情よりも、オリヴィアを選んでくれたようで嬉しい。

今こうやって、不器用にオリヴィアを慰めようとしているのもすべて、本当に、愛おしくてたまらない。

……愛おしい？

自然と浮かんだ言葉に、オリヴィアははっとする。

「……」

どきどきと、急に心臓がうるさくなり、顔が熱くなる。

どうしよう、どうしようと、オリヴィアは思った。

この気持ちを、オリヴィアは知っている。本の登場人物や、知り合いが同じような状態に陥った姿を何度も見てきた。けれどまさかそれが、自分に振りかかってくるとは思わなかった。

ああそうだ。なにもかも辻褄が合う。

ギルバートを見るたびに高鳴る鼓動も、彼と一緒にいたくて、わけもなく泣きそうになることも。

これは恋だ。

間違いようもなく。

オリヴィアは、気づかないうちに恋に落ちていた。

第九章　オリヴィアの葛藤

王都セリシアでは最初の議会が開催される二月に、もうすぐ訪れる春を迎え入れるための祭典が行われる。今年は花形である妖精王の役にギルバートが選ばれた。

春の花を咲かせると言い伝えられる妖精王を歓迎するための盛大な祝祭は、セリシアの住人のほとんどが参加する、大規模で華やかなものだ。

パレードの参加者は、春の花をイメージしたふわふわした衣装を身にまとい、観客たちを優雅なダンスや音楽で楽しませながら、半日をかけて王都を練り歩く。

メインを司るパレードの先頭を切って、鮮やかな色をした巨大な山車(だし)が現れる。

その車上にギルバートがいる。見事な宝石をはめ込まれた錫杖(しゃくじょう)をつき、長いマントを引きずりながらにこやかに手を振る姿はひときわ華やかで威厳があり、本物の花の妖精のようだった。

パレードを見守る人々の目も、ギルバートへの憧れと尊敬できらきらと輝いていた。

王都では、どんな職業の者もひとしく王族に会うことができる。

街は清潔で豊かで、人々は満開の笑顔だった。

平和な光景にオリヴィアは、この国の未来の明るさを感じた。

「みて、あの見事な金髪、まるで太陽みたいに輝いているわ」

「もっと怖いお方かと思っていたのに、なんて素敵な笑顔なんでしょう。あ、こちらに手を振ったわ」

きゃーと、若い女性の黄色い声が響くなか、ギルバートは妖精王としての任務を全うした。

パレードのあとに開催された城での正餐会でも、ギルバートは少しの疲れも見せずに、すれ違う人皆に優雅な会釈をしてまわる。

会話の内容も機知に富んだもので、招待客たちもギルバートの、美しいアクセントで紡がれる一遍の詩のごとくなめらかな言葉の旋律に感嘆のため息をついている。

オリヴィアは監督役としてギルバートの後方に控えつつ、教え子の成長に誇らしさを禁じ得なかった。

数ヶ月前の、野蛮でわがままな男は幻だったのかと思うほど、隙なくエレガントな所作は、まるで薄い皮膚のようにギルバートに馴染んでいる。

いかにも私は生まれながら高貴でしたよ、といったふうな澄ました態度は、あまりに完璧すぎておもしろいくらいだ。

「これからギルバート閣下は、より一層人気が出ることだろうね」

オリヴィアの隣に並んでいたグレアムがそっと耳打ちをしてくる。

「ギルバート閣下が態度を改めたことは、諸外国にもすっかり知れ渡っている」

孫の成長を見守るような慈愛のこもったまなざしでグレアムは、目のはしにきらめくものをそっと拭った。

オリヴィアは、グレアムが今までどれほど苦労させられてきたかを察して、彼の今後が安泰であることを祈らずにはいられなかった。

「今年はギルバート閣下が社交界に参加すると聞いて、年頃の令嬢たちは皆、城の舞踏会の招待状を、首を長くして待ち受けているそうだよ。閣下もきっと気に入る娘さんが見つかるでしょう」

春の社交シーズンが待ち遠しくてたまらない様子のグレアムに、オリヴィアは愛想笑いをしつつ頷いた。

「それはなによりのことです」

「オスカー殿はすごいことをやってのけたのだよ。とても栄誉なことだ。王妃殿下も大変お喜びだっただろう？」

「気が早いですよ、グレアム様。城の舞踏会は五月の王立芸術院の内覧会に合わせた開催だと聞いております」

昨日のできごとを、オリヴィアは回想する。

謁見の間に呼び出されたオリヴィアは、王妃から称賛を受けた。

『息子があれほど変わってくれるとは、一年前には想像もできませんでした。あなたには感謝しています』

『光栄です』

騎士のように片膝をついて、オリヴィアは王妃に頭を垂れる。

王妃は、かつては輝くばかりに美しかったであろうことを彷彿とさせる佇まいだ。その面影は、ギルバートとよく似ていた。

『あなたも知ってのとおり、五月の内覧会に合わせた舞踏会に、ギルバートを参加させるつもりでいるの』

王妃は待ちきれないといったふうにうきうきとした調子で返した。

『多くの高貴な姫が我が国にやってくるわ。あの子も、運命の人を見つけられるといいのだけれど』

『楽しみでございますね』

　多くの令嬢に囲まれるギルバートを想像して、湧き上がる感情を押し殺して相槌を打ちつつもオリヴィアは舞い上がっている王妃に一言だけ注意した。

『まずは明日の正餐会の成功を祈っております』

『ええ、もちろんよ。でも明日のことならきっと問題ないわ』

　彼女の心はもう五月の舞踏会に飛んでいるようだった。もしかしたらもう彼女の想像の世界では、とうに息子は美しい妻を娶ったあとかもしれない。

　気の早い話ですよと釘を刺すのも申し訳ないほど彼女は幸福そうだ。

『オスカー、任期明けの褒美はなにがいいか、考えておいてね』

『ありがとうございます』

　微笑みを浮かべつつオリヴィアは痛む胸を堪えていた。

　これでうまくギルバートが結婚にまでこぎつけたら、褒美として、オリヴィアは王都近くに家を構える許可をもらおう。オリヴィアはそこに住み、休日には友人を呼び、社交シーズンには両親を住まわせる。

　オリヴィアに親切にしてくれる王都の人々も、ギルバートの部下もオリヴィアを歓迎して、変わらず仲良くしてくれるはずだ。

すべてが望みどおりに進んでいるはずなのに、オリヴィアの胸は重く、冷たくなるばかりだ。

早ければ五月には、ギルバートはどこかの国の綺麗なお姫様と恋に落ちる一方、オリヴィアはお役御免だ。

ギルバートはオリヴィアのことを気安い友人のように扱ってくれているみたいだから、オリヴィアにいい家柄の優しい男性を紹介してくれるかもしれない。

無理やりオリヴィアの体を暴く乱暴者ではなく、優しくて品がよく、オリヴィアの話を微笑んで聞いてくれるような人を。会話も楽しくて、きっとこの人となら幸せになれるだろうなと確信できるような相手を探し出してくれるかもしれない。

それでもオリヴィアは誰とも結婚しないだろう。彼女の心にはもはや、ただ一人しか住むことができない。ギルバートだけだ。かなうはずもない人に恋をしてしまった。

このままでは孤独という暗闇の中に取り残されてしまいそうで、心細い心を押し隠し、オリヴィアは微笑みを崩さなかった。

「どうしたんだ、ぼうっとして」

夜になって祭りが一段落したところで、ギルバートがオリヴィアに声をかけてくる。

相当量飲まされたのか、彼の白い肌に朱が走っている。

それでも、いまだ充分に王族らしい品格を保っている。

「おや、騎士団長様、まるで王子様みたいにふるまわれているじゃないですか」

軽口を投げると、ギルバートはまんざらでもないというふうに肩をすくめてオリヴィアの隣に腰掛けてきた。

「正直に言えば、俺のような野蛮な男は、今さら社交界に受け入れてもらえないと思っていた」

「まさか、騎士団長様がそんなに気弱なことをおっしゃるとは」

「茶化すなよ」

笑ってオリヴィアの肩を軽く叩きながら、真面目な調子でこちらを見つめてくる。

「お前が頑張り屋だからな。俺も少しは前を向こうと思えたんだ」

「……なんですか、急に」

「まあ、たまにはお前も、俺に褒められておけよ」

喉の奥で軽く笑って、ギルバートは続ける。

「俺は、山賊みたいな戦士のもとで修行した。毎日のように木によじのぼり、崖を上がり、川を飛び越えて悪党たちと泥まみれで戦った。だから偉そうに上から指示を出すばかりの王族など口だけだと馬鹿にしていた。上流階級の連中のいかにも自分たちは特別だと言わんばかりの態度も、排他的で不誠実に見えていた」

グラスの残りの液体を飲み干して、ほっと息をつく。

「けれどそれは、俺の僻(ひが)みだったのだと気がついた。幼いころに城から遠ざけられて、母に会うことさえ許されなかった寂しさが恨みに変わっていたのだ。ただの子供のわがままと同じだ。ふさわしい場所で、ふさわしいようにふるまう。人の上に立つ者は、自分の正義を押し付けるだけではならない。相手を理解してこその、王族のふるまいなのだ。どんな姿になっても、誇りを失わないお前に学んだよ」

それから、とギルバートはなおも続ける。

「ずっと前から俺は、このままではいけないことはわかってはいた。だが、十数年もガキ大将をやっていた俺には無理だと尻込みして、問題から目をそらし続けていた。だが、なにごとにも挑戦するお前を見ていると、俺もやらなければならないと勇気がもらえた。俺が今日ここに参加できたのは、お前と出会えたからだ。感謝している」

「……今日はずいぶんと、素直なのですね」

長々と礼を言われて、オリヴィアは笑った。褒められて嬉しかった。

けれど褒められれば褒められるほど、オリヴィアは、ギルバートが王族として成長し、自分から遠い存在になっていくようで寂しくなる。

「俺はいつも正直だぞ」

「……私は、私のつとめを果たしただけです。充分な報酬をいただいているうえに、閣下からのお褒めの言葉など、勿体ないばかりです」

内心の葛藤は押し殺して、オリヴィアは姿勢を改めてギルバートに告げる。

「そもそも礼を言うのは早いです。ギルバート閣下の本番は五月の舞踏会です。ゆめゆめ、気を抜かれませんよう。明日から最後の仕上げですよ」

「もう俺は完璧じゃないか？」

びしりと、厳しく告げると、ギルバートが、くしゃくしゃと顔をしかめた。

「まずブサイクな表情はやめてください」

「いきなり容赦がないな」

「その自信過剰さを叩き直しますので」

「おお、怖いこと」

ぴょんと飛びのいて、ギルバートは晴れやかに笑う。

「まあそうだな、お前が俺に満足できるまで付き合うさ。舞踏会を楽しみにしていろよ」

「当然です」

「お前を驚かせてやる！」

ギルバートの裏のない笑顔は、晴れやかだった。

おかしな意地を捨て去ったギルバートは、のびのびとした喜びに満ちている。

彼は立派な男になるだろう。

そしてこの国のすべての人間に愛されるのだ。

そんなことを考えて、オリヴィアは自分の恋は絶対にかなわないと悟るのだった。

第十章　舞踏会の成功

その日は朝から城中が騒がしかった。

とうとう舞踏会の当日がやってきてしまったのだ。

朝から花火が打ち上げられ、多くの人々が王都に押し寄せている。

厨房には数々の貴重な食材を運ぶ長い列ができており、城の中は最後の仕上げだとばかりに、すべての使用人が床も家具もぴかぴかに磨き上げていく。

オリヴィアもオスカー名義ではあるが、招待状をいただいていた。

「こんな見事なパーティーに参加するのなんて、初めて」

オリヴィアの付添人として招待されたマリーゴールドも、奮発したレースをふんだんに使ったドレスを着て、気合は充分の様子だった。

オリヴィアは不安と緊張に押しつぶされそうになりながら、舞踏会の開幕を待っていた。

舞踏会への準備が忙しいギルバートとはもう半月ほどまともに顔を合わせていない。

会えたとしても、舞踏会の段取りに不備がないかチェックをする要員として招集される程度だ。

一ヶ月前にオリヴィアは、ギルバートに教えられることはすべて教え終わった。あとは細かい部分のアドバイスや、こういう場面ではどうするべきかという応用の相談を受ける程度しかできることがなくなってしまった。

そのため半月前に合格を言い渡し、ギルバートをオリヴィアのレッスンから卒業させた。同時にオリヴィアも剣術の訓練をやめた。騎士たちは残念がってくれたけれど、オリヴィアには当然騎士の資格があるわけでもないので、いつまでも特別扱いされるわけにはいかない。

オリヴィアは半月かけてギルバートとの別れを迎える日の心の準備をするために、最低限しか城に足を向けないことに決めたのだった。

ギルバートの部屋に行かなくなった当初は、思ったよりも平気だった。

教えることがなくなっても、グレアムは舞踏会が終了するまでは報酬を払うと確約してくれているので生活の心配もない。

けれど、ギルバートを立派に仕上げるためにはいっていた気合が抜けてぼんやりすると、日常のあらゆる場面で、オリヴィアはギルバートを想わずにはいられなかった。

雨が降っても、空が晴れても、紅茶がうまくいれられても、スコーンが上手に焼けたときすら、ギルバートのことを想ってしまう。

今、彼はなにをしているだろう、どこにいるのだろう。気づけば何時間もそんなことを考えてしまう。

ほとんど毎日顔を合わせていたから、たった数日会えないだけでも寂しかった。

舞踏会が終わって、ギルバートと本当に会えなくなれば、自分はどうなってしまうのだろう。

想像するだけでも辛くなって、オリヴィアは次第に食事も喉を通らなくなってきた。

「ご心配なさらなくとも、舞踏会は成功しますよ」

マリーゴールドは、オリヴィアが舞踏会のことで緊張しているのだと勘違いしたようで、笑顔ではげましてくる。

「ギルバート閣下はきっとお嬢様の期待を裏切るようなことはなさいません」

「ええそうね、そうに違いないわ。閣下は負けず嫌いですものね」

マリーゴールドに話を合わせながらも、オリヴィアは、違うのだと後ろめたくなる。

ギルバートにはもう、自分が教えられることなどなにもない。

考えてみれば、オリヴィアのマナーレッスンは、主に古い教科書をもとにしているから、当世風ではないところがあった。

ギルバートは、学んだことを自分なりにアレンジして、むしろオリヴィアよりもよっぽど洗練されて自然な仕草を習得している。

オリヴィアは、ギルバートに生まれながらの高貴さを感じて、やはり自分とは釣り合わない相手なのだと何度も再確認してひっそりと落ち込んでいた。

いっそ舞踏会など、失敗してしまえばいいのに。

そんなことまで考えてしまう自分の卑屈さに、ますます落ち込みに拍車がかかってしまう。

そんなオリヴィアの気持ちとうらはらに、舞踏会の準備は滞りなく進んでいく。

庭は綺麗に整備されて、見事な食器の数々が、多くの使用人の手によって磨き上げられている。

毎日のように、あらゆる国のあらゆる令嬢に招待状が届けられていた。

使用人たちはいきいきとしているし、王都の人々もなんとなく浮かれた様子だ。

店頭には、ギルバートの肖像画が描かれた葉書や、彼の名前のついた菓子が置かれ、彼の社交界への参加を祝う空気が高まっていく。

そして、予定どおりに舞踏会が幕をあけた。

豪華なシャンデリアや柱のすべてに、とりどりの花が飾られた。

王は機嫌よく賓客たちをもてなしている。

ボール・ルームには、南国の鳥のようにあでやかなドレスをまとった姫君たちが集う。

皆輝かんばかりに美しく、オリヴィアが会場を歩くだけで、どこそこの公爵令嬢だの、某国の姫君だの、錚々たる家柄を紹介し合う声が耳に飛び込んでくる。

そんな面々が待ち受けているのがギルバートだと思うと、まるで住む世界が違うと改めてつきつけられているようでオリヴィアは途方に暮れてしまった。

日が暮れてオーケストラの演奏がはじまると、すぐにギルバートが登場した。

壇上からゆっくりと下りてくる彼の姿に、あちらこちらから熱いため息が漏れる。

オリヴィアもまた、その姿に見とれてしまう。

彼は青色の衣装を身にまとい、白いマントをつけていた。

金の髪を肩になびかせて、髪の色に合わせた黄金の胸飾りが、シャラシャラと微かな音をたてて、光を反射している。

ギルバートがダンスフロアの床に足を踏み入れると、最初はあまりの神々しさに、皆が気後れして、フロアの人が減ったほどだ。

ギルバートは、まず一番近くにいた隣国の姫に会釈して、踊りにいざなった。

選ばれた彼女は感動と興奮で目を潤ませながらギルバートの腕にそっと手をまわした。

ギルバートは優しげに目を細めて彼女の手をしっかり包み込む。

ギルバートの最初の相手が決まると、続く皆が一組、二組と、ダンスの相手を選んでいく。

やがてギルバートがパートナーに合図するとダンスがはじまった。


ギルバートのステップは正確で軽やかだ。その面から笑みを絶やすこともない。

騎士団で鍛えた体幹に長い手足をしなやかに動かす様は、白鳥の舞のように優雅だった。

ギルバートは最初の相手との曲を踊り終えると、すぐに次の相手を選んで踊りの渦の中へと戻っていった。

ギルバートとの会話を楽しもうと待ち受けていた令嬢たちが、がっかりしたため息をついた。

けれどギルバートは次々にパートナーを変えて踊り続けるので、彼女たちにもやがてギルバートの誘いがやってくる。

ギルバートの休憩は、曲の合間、わずかばかりの時間に水を飲む程度だ。

十曲分立て続けに踊りきったあと、ギルバートは分厚いマントを脱いだ。

あらわになった青いジャケットを着た背中は、引き締まった彼の上半身を際立たせ、一層会場の温度を上げていく。

曲もアップテンポなものが続いている。誰もがギルバートと一曲踊りきるころにはぐったり疲れて、壁際に休みに行く。

「すごいですね。まるで踊りの神様じゃないですか」

喫茶室で提供されている軽食を一通り味わったマリーゴールドが、満足げにオリヴィアのもとに戻ってきた。

「誰があの王子様のハートを射止めることになるのかしら」

「どうなのかな、私には皆素敵に見えるけれど」

一滴の水も飲まずにいたオリヴィアが弱く微笑んだ。

男装して参加しているオリヴィアも、最初こそ儀礼的に相手の決まっていない女性をダンスに誘っていた。

けれど、皆の目がギルバートに釘付けなので、誰も誘わずにぼんやりしていても見咎められることもなさそうだと踏んで、今は壁際に移動するとただ踊るギルバートだけを眺めていた。

一度そうして壁の花になれば、オリヴィアは背景に溶け込んで、ほとんど誰に気づかれることもなくなった。

それでもまれに、オリヴィアに話しかけてくる人もいる。彼らは皆、オリヴィアがギルバートのマナー講師だと知っており、興味があるのはもちろん、ギルバートがどんなタイプの女性が好きなのかとか、趣味はなにかという情報だった。

オリヴィアは、そのたびに返答に困ってしまう。昨年までのギルバートは平民の娘と仲良くやっていたし、朝から部下の騎士たちと剣を振りまわすのが趣味だなんて、とても言えはしないから。

「ギルバート閣下は、招待したお嬢様すべてと踊るおつもりなのかしら」

マリーゴールドの視線の先で、相変わらずギルバートは汗ひとつかかず、軽やかにダンスを続けている。花から花へ、まるで青く輝く蝶のように。

晩餐の時刻に変わり、夕食室に料理が運び込まれる。

「ギルバート閣下は一度も食事をとらずに、お水だけで踊り続けていますわ」

さすがのマリーゴールドも心配そうに彼を見ている。

「そうね」

マリーゴールドに生返事をする。オリヴィアはギルバートから目を離すことができない。

彼は今、見事な真珠の首飾りをつけた青いドレスの女性と踊っていた。海が近い国の令嬢なのだろうか。魚を模した髪飾りをつけて、ドレスのはしにあしらわれた、白いレースが波のようで美しい。

「ギルバート閣下には海も似合いそうね。あのお嬢様と結婚されたら、船で世界中を旅できるわね」

マリーゴールドの無邪気なお喋りにも、今日ばかりは和めない。彼らはお似合いに思えた。

オリヴィアの胸が切なく痛む。

「それを言うのなら、先ほどの、緑のドレスのお姫様のところでは、年中花が咲いているそうだよ。いたるところで黄金が採れる豊かな国で、ギルバート閣下にもお似合いになるだろうね」

「それも素敵ね」

自傷行為のように、オリヴィアは、会場のあらゆる女性とギルバートの結婚生活を思い描く。

そして、誰が相手でもお似合いだと思った。ギルバートはもともと仲間思いで、皆に愛される素質がある。誰と恋をしても、どこに住んでも幸せになるだろう。

それでも、いずれはたった一人を決めるのだ。自分以外の誰かを。

そう思って、オリヴィアは勝手に傷ついていた。

いよいよ夜が深まり、曲調もさすがにゆるやかなものに変わっていく。

ギルバートはなおも踊り続けている。

一人一人の女性を邪険にすることはなく丁寧にリードして、各々の話にきちんと耳を傾けて、適切な会話で楽しませているようだ。

踊り終わった女性たちは、皆心地よい疲れにうっとりとしながらソファで休み、いまだホールで踊り続けている第三王子を見守っている。

舞踏会も後半に差しかかると、客たちは談笑のほうに興味がうつりはじめ、ダンスフロアが空いてきたので、オリヴィアはギルバートの全身がよく見える場所に移動した。

こんなに近くで彼を堪能できるのは今宵が最後かもしれないから、しっかり目に焼きつけておきたかったのだ。

その後、数曲を踊ったあと、ギルバートはようやく足を止めた。

どうやらあれが、最後の相手だったらしい。

もう少し、見ていたかったのに。

芝居ではないのだからクライマックスシーンがあるわけもないが、急に終わってしまったことに拍子抜けしてオリヴィアがぼうっと立っていると、ギルバートがまっすぐにこちらにやってきた。

踊りもせずに、突っ立っているオリヴィアをからかいに来たのだろうか。

それとも誰か、ギルバートの好みにぴったりの綺麗なお姫様を見つけたから、報告にやってきたのだろうか。

どちらにしろ、いつもどおりの受け答えをしないといけない。

必死で平常心をかき集めているオリヴィアの前で、ギルバートは当然のように手を差し伸べてきた。

「一曲いかがですか？」

数々の令嬢にしてきたように、優雅にお辞儀をしてみせて、オリヴィアを窺ってくる。

クリスタルシャンデリアのあかりがきらきらと彼の金髪を輝かせていて、まるで宝石みたいだった。

「ご冗談でしょう、ギルバート閣下」

掠れた声で、オリヴィアはぎこちなく笑った。

「私は男ですよ」

「そんな理由で俺とのダンスを断るつもりか?」

言うが早いか、ギルバートがオリヴィアの手を摑む。

「無理に誘うなど、マナー違反ですよ」

思わずいつもの癖で注意をすると、ギルバートはにやりとする。

「でもこうでもしないとお前は俺になびかないだろう?」

「え、なびくって?」

それには答えず、ギルバートがオリヴィアの腕を引く。つんのめったところを腰を取られてそのまま一回転させられて、気づけば踊りの輪の中に引き入れられていた。

ギルバートが、急に部下の男らしき相手をダンスのパートナーにしたことに周囲は驚いたが、余興のようなものかと思われたらしい。

案外微笑ましく受け入れられて、ダンスフロアにぞろぞろと人が戻ってくる。

けれどオリヴィアのほうは生きた心地がしなかった。

高貴な肩書の招待客たちの目に自分がさらされていることがおそろしくて、目がまわりそうだ。

それでも足をもつれさせることなく踊り続けていられるのは、ギルバートのステップが完璧だからだ。

あれだけ踊り続けてなお、ギルバートの足さばきはキレがよく、ひとつも危なげがない。

オリヴィアが最後の仕上げとばかりに、徹底的に社交ダンスをマスターさせようと、何度も教えたからだ。

『夢の中ででも踊っていた気がする』

そんなことをぼやきながらも、ギルバートはサボることなく付き合ってくれた。

付き合うオリヴィアも相当の運動量だったが、彼の手のひらのぬくもりを感じられるのなら、いつまでも踊っていたいほどだった。

だから今も、もうなにも考えなくともオリヴィアは、ギルバートと息を合わせることができる。

「周囲のことなんか気にするな、オリヴィア」

そのとき、ギルバートが彼女の本名を呼んだ。

公の場で呼ばれるとは思わず、オリヴィアは目を丸くして顔を上げる。

「俺だけを見ていればいい」

傲慢に言い放つギルバートの顔は、妙に甘く優しかった。

一体彼はどういうつもりなのだろう。疑問に思いつつもオリヴィアは、夢に見たような彼の優しい表情に目が釘付けになる。

周囲の喧騒が遠ざかる。足はまるで地面についていないようだった。ワルツの旋律に操られているかのように、オリヴィアとギルバートはくるくると踊りながらテラスへと向かう。

美しい満月の夜だった。

二人はふいに踊りのペースを落として見つめ合い、自然と微笑んでキスをした。

ゆらゆらと、波のように揺れるステップに合わせて、なにも奪い合わない、触れるだけの、互いの存在を確かめ合うだけのキスを交わす。

その心地よさに、オリヴィアは、うっとりとして目を閉じる。

ギルバートの唇は、触れては離れ、また近づいては、軽くリップ音をたてて飛び立っていく。ささやかなその触れ合いが心地よくて、オリヴィアはついつい彼の口を追いかけて、伸び上がる。

それを待っていたかのように彼の唇が下りてきて、ちゅ、と、下唇を甘く吸われた。

「ん」

オリヴィアの閉じたまぶたに、光が落ちる。

そこでようやくオリヴィアは、自分がいつのまにかホールに戻っており、ものすごい数

の視線を受けていることに気がついた。

「ギルバート様、こちらの男性はどなたなのですか？」

真っ青な顔をして尋ねてくるのは、錚々たる家の令嬢たちだ。

我に返ったオリヴィアもまた、今にも卒倒しそうな精神をかろうじて繋ぎとめている状態だ。

会場は騒然としており、誰もが予想もつかない展開についていけず、錯乱して怒鳴り散らしている者もいる。

けれど当のギルバートはといえば堂々とした態度を崩さず、ただオリヴィアだけを見つめて、その足元に跪いていた。

「オリヴィア、お前は気が強く、ねばり強く、美味しいものが大好きで、弓の腕は一流だ。マナーは完璧で誇り高い。お前みたいな女はほかにいない」

「オリヴィアですって？　彼はオスカーですよ、ギルバート」

一瞬失神していた王妃が、乱心したとしか思えない息子に、縋りつくように訴える。

「いいえ、彼女はオリヴィアです」

けれどギルバートが、ろくに説明もせずにきっぱりと言いきるものだから、会場は混乱の頂点を極めて、むしろ静まり返ってしまった。

皆が固唾をのむホールの天井に、ギルバートの声だけが凛と響く。

「俺はオリヴィアに初めて会ったときから、その勇敢さに惹きつけられた。数ヶ月かけて手懐けて、俺に心を開かせたんだ。当然俺が嫁にもらう」

急に、男のはずのマナー講師のオスカーを女と断言し、あまつさえプロポーズするギルバートは、誰の理解も超えていた。

「ギルバート、しっかりしろ、オスカーは男だ」

戸惑う王様にすら、ギルバートは気を払わない。

「結婚してくれ、オリヴィア」

周囲の阿鼻叫喚にも構わず、オリヴィアだけを見つめているギルバートは真剣だ。

そこでようやく、茫然自失から戻ってきたオリヴィアは、ギルバートの体を張った悪戯に巻き込まれたわけではないと実感した。

ギルバートは本気なのだ。

「それは……」

ごくりと息をのみ、オリヴィアは、その迷いのないまなざしに勇気づけられるように口を開く。

「それは、私を好きだということですか?」

「お前も俺が好きだろう?」

おそるおそるの問いかけに、当然とばかりに問い返される。

それで、ようやくオリヴィアは、自分の恋を諦めなくていいのではないか、と気がついた。

「だめですよ、私が好きだって、言ってみてください」

期待に胸を高鳴らせながらオリヴィアは訴える。

「なぜだ。俺はお前に求婚しているんだぞ、わかりきったことだろう」

その自信あふれた調子にオリヴィアは、縋るように、甘えるように続けた。

「ですからその前に、もっと伝える言葉があるでしょう? あなた様が、私をどう思っておられるのか」

嫌そうに顔をしかめるギルバートに、オリヴィアは促す。

「教えていただけないと、私は不安でたまらないのです。あなた様が私をどう思われているのか、声に出して教えてください」

「そんなこと……」

「言ってください！」

「……」

ギルバートはしばらく逡巡したものの、しぶしぶといったふうに口に言葉を乗せて贈ってくれた。

「……好きだ、オリヴィア。俺はお前が好きだ」

そっぽを向いた告白だったが、それでもオリヴィアは胸がいっぱいになった。

「……嬉しい」

急に安心してへなへなと座り込みながら、オリヴィアは目を潤ませる。

「私は今夜で、あなたとお別れだと思っていました。だからずっと、ここで、私以外の綺麗な女性と踊るあなたを見送っていたのですよ」

本音をぽろぽろとこぼすオリヴィアの顔を、ギルバートは覗き込む。

「馬鹿だな、オリヴィア」

そして優しくオリヴィアの頭を撫でながら言い聞かせるように言葉を紡ぐ。

「言っただろう、舞踏会で驚かしてやるって。指輪もお前にぴったりのサイズのを作ってあるんだ」

「そんなサプライズをされるよりも、先に告白してほしかったです」

「そうか、それはすまない。で、俺と結婚してくれるのか?」

悪びれずにプロポーズを続行するギルバートに、オリヴィアは笑ってしまった。まったく、ギルバートにはかなわない。

「え、ええ、もちろん。お嫁にもらってください」

泣き笑いで頷いて、オリヴィアはかつらを脱ぎ捨てた。

滝のように流れ落ちる栗色の髪に、皆が、あっと声をあげる。

オリヴィアは、自慢の長い髪をなびかせて、愛おしい人に抱きついてキスをした。

マナー講師が実は女性だという新事実に、どよめく周囲と、なんとなく察していましたという感じの騎士団の面々が、顔を見合わせる。

キスを解いたあと、オリヴィアはようやく王座に顔を向けた。

「性別を偽り、申し訳ありませんでした」

オリヴィアはギルバートの両親に、深々と謝罪をする。

「……まあ、驚いたが」

まだ目をぱちくりとしながらも、さすがに立ち直りの早い王は肩をすくめる。

「お前が来てから、王子はずいぶん明るくなったからな、罰することは私にはできない」

「そうですね、驚きましたが」

王妃も、どこか諦めた調子でため息をついた。

「王子をどこに出しても恥ずかしくない男に育て上げてくれたのはあなたですもの。あなたがギルバートを欲しいと言うのなら、私はなにも言えないわ」

それに、と王妃は明るい調子で続ける。

「今まで、誰の言うことにも耳を貸さなかった息子をうまく操れる人を、あなた以外に探すのは困難でしょう、そのうえ息子が好きになるとなれば、まったく、あなた以外に思いつきません」

そう言うと、王と王妃は立ち上がり、会場に、朗々と声を響かせた。

「二人の婚姻を認めます」

第十一章　結婚式と初夜

それからは、あれよあれよというまに、結婚式の予定が組まれていった。

オリヴィアとギルバートの新居は王都内に用意された。オリヴィアの故郷にも家族ぐるみで使える別荘を建てた。どちらの屋敷にも、いずれオリヴィアの両親を呼ぶことになっても問題ない部屋数があった。

舞踏会の日、オスカーから『オリヴィア』に戻って以降は、オリヴィアにとって怒涛の日々だった。王族の一員としての教養を学び、披露宴のためのドレスを選び、新居のインテリアを考えて、王家の一族に挨拶をしてまわる。

王族との婚姻はこんなに手間がかかるのかと驚くばかりだ。

そうやって忙しくしているうち、いつのまにか式の当日がやってきていた。

式の当日準備をはじめるさなかに、オリヴィアは急にネガティブな感情に押しつぶされて、ドレスルームから出ることができなくなってしまった。

「やっぱり私ではギルバート様には不釣り合いじゃないかしら。きっと隣に並んだら、ダイヤモンドの隣に並んだそのへんの石みたいに見えるに違いないわ」

「ご自分のことをそんなに卑下なさるものではございませんわ。だいたいこんな間際になって、今さらなにをおっしゃいますの」

あまりの卑屈さに、マリーゴールドにすら、ちょっと引かれている始末だった。

「そもそも女性の姿に戻るのも慣れないの。脚の間がすうすうして心もとないわ。もうずっとズボンをはいていたい気分なの。そうよ。男の姿のほうが私にはお似合いなのよ」

「お嬢様、タキシードで式に参加されるつもりなの？　こんなに素敵なドレスをたくさん作っていただいているのに、仕立ててくださった皆様に申し訳ないですわ」

そう言ってマリーゴールドが指さした先には、今日の式のために用意された数々のドレスが並んでいる。目が覚めるようなエメラルドグリーンのチュールドレスやひだまりの花のように明るい黄色のドレス。ドレープたっぷりの真っ赤なドレスもある。

「私に似合うわけがないわ」

「お嬢様、いいかげんになさい」

マリーゴールドは、ぴしゃりとオリヴィアをいさめながら彼女の手首をそっと引いた。

「ほら、落ち着いて、ご自分の姿をご覧なさい」

そう言って、うつむくオリヴィアを引っ張って無理やり大鏡の前に連れていく。

「……自分の顔なんか見たくないわ。女の顔をしている私なんて、ずっとまともに見ていない。きっとひどい顔をしているわ」

「まあそう言わずに」

マリーゴールドが意地でも鏡を見せようとするので、オリヴィアはしぶしぶ顔を上げる。

するとそこには見たこともないような綺麗な女性がいた。

引き締まった足首、くびれたウエスト、豊満な胸。その頰は薔薇色で柔らかな丸みを持ち、大きな目は初夏の森のようなエメラルド色にきらめいている。

「これが、私?」

ぱちくりとすると、鏡の中の女性も、ぱちくりと目をしばたたかせた。

「今、お嬢様は丁寧にお化粧をして、一流の職人が仕立てたドレスを着ていらっしゃるのよ。なにより、ギルバート閣下とともにいるようになってからのお嬢様自身が、どんどん美しくなっていらっしゃるの」

「……」

ぽかんとして、自分の顔を触っているオリヴィアに、マリーゴールドは嬉しくてたまらないとばかりに、抱きついた。

「私の大好きなお嬢様。私はお嬢様がとってもお美しくなられて鼻が高いです。どうか自分のことを悪くおっしゃるのは今日で終わりにしてくださいませ」

「マリーゴールド」

けなげな侍女を抱き寄せたところで、ちょうど目の前のドアが乱暴にあけられた。

「お前、いつになったら出てくるんだ」

痺れを切らしたギルバートが乗り込んでくる。

せっかく見事な衣装に身を包んでいるのに、チンピラみたいに眉間に皺を寄せているので台無しだ。

「ギルバート様、私こんなに綺麗にしてもらいました。女の顔って、お化粧で化けるものなのね」

ノックもなく部屋に乗り込まれているのに、愛しい人の顔を見られたことに咄嗟に嬉しくなって自慢するオリヴィアに、ギルバートはふき出していた。

「化粧じゃないぞ、オリヴィア」

見てみろ、とギルバートはオリヴィアを背後から抱きしめて、姿見にうつし出された姿と目を合わせる。

「お前は美味しいものを食べて健康になり、騎士の訓練に参加して体力をつけた。講師として俺を立派に育て上げて自信もついた。そうやってお前自身の努力で綺麗になったんだ」

そう言って、頬にキスをする。

「お前がどんどん綺麗になっていくから、俺はもう気が気じゃなかった」

「それは言いすぎです」

「いいや、お前は綺麗だ」

ギルバートは二度目のキスをこめかみに降らせてくる。

最近、ギルバートはすっかりキス魔になってしまった。通りすがりにも、会話をしているときにでも、隙あらば唇を寄せてくる。

あまりにも場所を選ばずキスをしたがるので、オリヴィアが注意すると、ギルバートは拗ねた。

『仕方ないだろう。ずっとお前に、堂々とキスをしたかったんだ。自由にキスできる関係になれたんだぞ。なんで我慢しないとならない』

そんなだだをこねるギルバートは、とても可愛かった。

「あなたのおかげです」

オリヴィアは赤くなりながらもそう答える。

「俺はなにもしていない」

目を細めてギルバートは言う。

「俺はただ、お前に恋をしただけだ」

機嫌よく口角を上げたギルバートがオリヴィアの手を取って、ドアをあける。

「ほら、行くぞ。俺は国中に、自慢の妻を見せびらかしたくてたまらないんだ」


城の奥深くにある小さな教会で、オリヴィアとギルバートは夫婦の誓いを交わした。

最初こそ戸惑っていた王と王妃だが、今やすっかりオリヴィアを実の娘のように可愛がってくれている。

オリヴィアの両親も、最初は可愛い娘が無法者の第三王子と結婚なんてと卒倒の勢いで止めてきたが、別人のように生まれ変わったギルバートを前にして、納得してくれた。

身内だけを招いた静かな教会で指輪の交換を終えると、オリヴィアとギルバートは手を取り合い、教会を抜け出して城の階上へとかけ上がっていく。

二人がテラスに現れると、割れんばかりの歓声が響く。

披露宴の会場には各国から貴賓が訪れて、王都の住民たちも皆が出てきて祝福してくれている。

春先の祝祭がまたはじまったかのように、王都をあげてのお祭り騒ぎだ。

オリヴィアは幾重にもレースを重ねた純白のドレスを身にまとい、首にはギルバートの目と同じ色の宝石がはめ込まれたネックレスをつけていた。

抜けるように青い空のもと、皆が見ている前で、オリヴィアはギルバートと誓いのキスを交わし、結婚を発表した。

すべてが夢みたいに幸福だった。


けれど式が終わり、ようやく二人きりになれたとき、初夜のために用意された部屋の中央に堂々と鎮座する巨大なベッドに、オリヴィアはふたたび正気に戻ってしまった。

「いつまでそうしているつもりだ」

さすがに呆れたといったふうに、寝台の上であぐらをかいたギルバートが、目の前で枕を抱きしめて固まっているオリヴィアを見下ろしている。

床入りしたオリヴィアは、今さらながらの緊張に軽いパニックを起こし、服を脱ぐのを拒絶していた。

「今さら俺になにを隠そうというんだ。お前のことは、すべての穴の位置まで知り尽くしているっていうのに」

「あなたのそのデリカシーのなさはどうにかならないものなんですかね」

枕越しに恨めしげに睨みながら、オリヴィアは、さらさらと薄いネグリジェの裾を引っ張って、足首までしっかり隠す。

「私は恥ずかしいんです。正式にあなたとの関係が認められて、それで今日は」

「初夜だ」

「つまり、それって皆が今夜、私たちがなにをするのか知っているということでしょう? 王都の全員が。行きつけの居酒屋の主人も、あなたの部下たちも」

蚊の鳴くような声で告げると、ギルバートは理解できないとばかりにため息をつく。

「くだらん。他人にどう見られていようが、堂々としていろ」

「でも」

「あーもう」

痺れを切らしたとばかりに、ギルバートがオリヴィアの足を引っ張った。

「ちょ、なにするんですか」

「とはいうものの、無理強いはよくないからな」

よくないと言いながらもギルバートは強引にオリヴィアの足を引っ張ってシーツの上に倒して、彼女から枕を取り上げてしまう。

「その気になるまで待ってやる。そのかわり、お前は俺に顔を隠すな。あと、暇つぶしに足だけ貸してくれ」

そう言って、ちゅ、と足首にキスをする。

「……」

その甘い仕草にほだされて、オリヴィアは頷いた。


「……んっ」

それから三十分。オリヴィアは延々と、ギルバートに足をせめられていた。

最初は足首からふくらはぎにかけて、触れるだけのキスをされ続けた。

それがかかとに下りてきて、足の甲に軽く歯を立てられ、つま先をしゃぶられるころには、オリヴィアの腹の中であやしい熱がうごめきはじめていた。

「ふっ、うん」

ギルバートは宣言どおり、あぐらをかいた脚の上にオリヴィアの足を乗せて、そこだけ

を愛撫し続けている。足の裏をくすぐって悶えさせたかと思えば、ぐっと脚を外に開かせて、その奥にある秘めた場所に視線をやる。

シーツの上に上半身を投げ出した格好のオリヴィアは、薄い布地のネグリジェ一枚の格好だ。それ以外の布地はつけていない。ギルバートの視線に反応してしまう媚肉の動きも丸見えだった。

「あっ」

ギルバートが自分の下衣を解いて、オリヴィアの足の裏に性器をすりつける。

「ンッ、オリヴィア」

いやらしい声で彼女の名を呼びながら、彼女の引き締まったふくらはぎにまで、腰を擦り寄せてくる。

「ん、んん」

その光景のいやらしさに、オリヴィアの息が荒くなる。

そんなにもギルバートは、自分のことを欲しがっているのだと見せつけられているようで、触れられてもいないのに、体の奥、いつもギルバートを受け入れている穴の奥が、ひくひくと、いやらしく収縮をはじめる。

「もう少し、上まで触ってもいいか？」

遠慮がちな問いかけに、オリヴィアは、ネグリジェの胸元を握りしめながら、頷く。

「よかった」

ほっとしたように微笑んで、ギルバートがオリヴィアの太ももを愛撫しつつ、さらに大きく脚を開かせる。

「あっ、ああ」

興奮で腫れた性器が外気に触れる。その冷たさに、自分のそこがどれほど熱を持っているのかを知る。

ギルバートは彼女の足の指をしゃぶりつつ、指先で彼女の内ももを撫で続けているだけなのに、オリヴィアの体にはもどかしい快楽が満ちはじめている。

すうすうとする脚の間が寂しい。こんな刺激だけじゃ物足りない。焼けつくようにみだらな衝動にかり立てられる。

「も、もっと上まで、いいですよ」

欲望に負けてオリヴィアは真っ赤になりながら続きを促す。

ギルバートはそれを揶揄することもなく、ただにこりとして、オリヴィアのネグリジェに指をすべり込ませ、すっかり濡れている割れ目の先で顔を覗かせている肉芽を、爪でひっかいた。

「んん」

敏感な部分に、ちょっと触れられただけで、オリヴィアはびくんと腰を跳ねさせた。

「ここがいいか?」

「あっ、いいです」

そのまま、小さな突起を、こよりをよるようにしごき上げられて、オリヴィアは脚を大きく開いて腰を上げていく。

「胸を自分で触ると、気持ちいいぞ」

悪魔のように、ギルバートが誘惑する。オリヴィアは、ほとんど催眠状態で、布越しに自分の胸をくるくるといじる。

「いいね、すごく可愛い」

穏やかに褒めつつ、ギルバートはさらなる要求をする。

「この奥の穴にも、触っていいか」

こくこくと頷くと、彼の太い指がオリヴィアの入り口をゆっくりとなぞって、つぷりとはいり込んでくる。

「あんっ」

つま先に力がはいり、オリヴィアのナカがギルバートの指を離すまいとするように引き絞られる。

「濡れているな。足だけで気持ちよくなったのか？」

「あっ、あんっ、んっ」

尋ねられて、オリヴィアはさっきまでの拒絶も忘れて、ギルバートに抱きついてキスをねだる。

「ん、はあ。ギルバート様」

彼女の胸をゆっくり揉みしだきつつギルバートはオリヴィアの唇をふさいで満たしてくれる。くちゃくちゃと口の中をかきまわされる動きに、オリヴィアの内側がより切なくうねる。

考えてみれば、最近忙しくてご無沙汰だった。

ギルバートの欲望を、最後に受け入れたのはいつだったか。

そんなことに気づくとなおさら欲しくてたまらなくなる。

「はしたないと、お思いになられるかもしれませんが……」

オリヴィアはそう言いながら、腰を浮かして、濡れた秘部をギルバートの下腹部に擦り寄せた。

「早くここに」

「……ああ、オリヴィア」

吐息のようにギルバートが呼んで、彼女を押し倒した。

同時に太ももを抱え上げられて、ネグリジェの柔らかな布地は胸の上にまでたくし上げられてしまう。

むきだしの豊満な乳房が目の前でゆさゆさと揺れる迫力に自分で動揺して、オリヴィアはあわててそれを隠そうと布地を引っ張った。同時に、切なく濡れて求めるギルバートの欲望の証しが、オリヴィアの中にみっしりとはいり込んで、敏感な内壁をくまなく刺激してくれる。

「あ、ああ……」

体の中に彼を感じるだけで、オリヴィアの頭はじんと痺れて、下腹部を波打たせて軽く極まった。

「いいのか、オリヴィア」

その反応は、ギルバートを喜ばせたらしい。

彼はオリヴィアの腰を強く摑むと、彼女の弱い部分を、小刻みな腰の動きで突いた。

「あっ、ああ、ああ、そこ！」

びくびくとのけぞって、オリヴィアは愛液を飛び散らせる。

「はは、いい感じだ、オリヴィア」

ギルバートは欲望に目を爛々と輝かせながら、オリヴィアの奥に硬く滾ったペニスを打ちつける。

「あんっ！　深い！」

思わぬ深い部分にまでギルバートを感じて、オリヴィアの視界がスパークする。

「ここでも俺を感じてくれ」

ギルバートはオリヴィアの体をふたつに折りたたむように、なおものしかかってくる。

さらに繋がりが深まり、オリヴィアは鋭く息を吐いた。

「んっ！」

圧迫感による苦しさの奥で、ずきずきとする不思議な感覚が生まれる。

「あっ、あっ」

彼の先端で奥をこねられるたび、それが絶頂への予感に変わり、オリヴィアの意識を奪い取る。

「はっ……はあ」

快楽に捕らわれてオリヴィアの焦点がぼやけていく。体の中を、硬く熱い棒でかき乱されるたびにオリヴィアの理性はドロドロに溶けていく。

「オリヴィア、オリヴィア」

うわ言じみて何度も呼ぶギルバートに、ほとんど無意識にオリヴィアは手を伸ばし彼の首に腕を絡ませる。

彼女の頬を、ギルバートの柔らかな金の髪が撫でる。

がくがくと揺さぶられて、オリヴィアは口をあけた。

「あっ……！」

ぐっと体の奥が収縮し、次の瞬間、オリヴィアの体は痙攣をはじめた。

びくびくっと跳ね上がったあとも、体の奥がぐねぐねと蠕動する。

「う、く」

その動きが耐えがたいとばかりに、ギルバートがめちゃくちゃに腰を振りはじめる。

「はあっ！」

硬く太いもので遠慮なく敏感な部分をごりごりと擦られて、オリヴィアはもうなにがなんだかわからない。

気持ちがいい、気持ちがいい。

髪を振り乱し足をぴんと跳ね上げて、もっととばかりに腰をうねらせる。

「あっ！　あん！　ギル！　ギルバート様！」

悲鳴のように叫んだとき、ギルバートが低くうめいて、オリヴィアの最も深い場所に、欲望の先端をぐっと突き入れてきた。

「……！！！」

熱いしぶきを感じて、オリヴィアは声もなく目を見開き、めくるめく絶頂へとかけ上がっていった。


気がつけば、目の前に、美しい男の顔があった。

白いシーツは清潔なものに変えられており、夜着も着替えさせられていた。

外はほの明るく、夜明け前のようだ。

オリヴィアは目の前の男の顔に、手を伸ばす。

つるりとしていると思っていたその頬には、ざらりとした髭の感触があった。

「あっ」

少し驚いて手を引いたものの、すぐにもう一度触れてみる。

「ギルバート様でも、髭が生えたりするんだ……」

それがとても普通の男のようで、オリヴィアは嬉しくなった。

傲慢で、意地悪で、美しい大天使。

まるで彼は、オリヴィアのために地上に降りてきてくれたみたいだ。

髭が生えても美しい夫は、今はオリヴィアに見守られながら、すやすやと幸福そうに眠っていた。

あとがき

こんにちは、もしくははじめまして。一滴しぃと申します。

ヴァニラ文庫様では初めての作品です。お手に取ってくださりまことにありがとうございます。

ＴＬ小説にも初挑戦でした。可愛い女の子ってどんな感じかしら?.?.と迷走しながらの執筆となりましたが、結局主人公のオリヴィアは自分の一番好きな、気が強くてちょっと世間知らずのお嬢様に落ち着きました。ギルバートも完璧だけれど性格に問題ありの私好みのタイプですので、いつもどおり楽しく書いてしまっただけのような気もいたします。

挿絵の龍胡伯先生の明るくて素敵なイラストでお話を華やかにしてもらえました。元気のよさそうな二人の表情がとっても魅力的です。ラフなどにつけていただけたコメントも、こちらに全文載せさせていただきたいほどキャラクターを理解して描いていただけてありがたい限りでした。表紙のイラストについても、（ネタバレになりますが）もう男装しなくてもよくなったオリヴィアが、ギルバート王子から贈られたドレスをまとって花摘みに出かけたところで、オリヴィアをみんなに見せびらかしたいギルバートに捕まってしまう……というようなサイドストーリーまで考えて描いてくださいまして感激しました。結婚後のギルバートはオリヴィアを着飾らせることと美味しいものを食べさせることを趣味にしているといいな、と思って書いていましたので嬉しかったです。ギルバートには王都中にオリヴィアを見せびらかしたあと、城下にある行きつけのお店で美味しいご飯を一緒にモリモリ食べてほしいです。

担当の編集様にも大変お世話になりました。うっかり者すぎて本当にご迷惑をおかけして申し訳なかったです。常に的確なご指示をいただけて助かりました。

デザイナー様、校正様他、この作品を出版するにあたりお世話になったすべての皆様に感謝と御礼を申し上げます。

ここまでお読みくださいましてありがとうございます。

気に入っていただけたら幸せです。またお会いできますように。

一滴しぃ

原稿大募集

ヴァニラ文庫では乙女のための官能ロマンス小説を募集しております。
優秀な作品は当社より文庫として刊行いたします。
また、将来性のある方には編集者が担当につき、個別に指導いたします。

◆募集作品

男女の性描写のあるオリジナルロマンス小説（二次創作は不可）。
商業未発表であれば、同人誌・Web 上で発表済みの作品でも応募可能です。

◆応募資格

年齢性別プロアマ問いません。

◆応募要項

・パソコンもしくはワープロ機器を使用した原稿に限ります。
・原稿は A4 判の用紙を横にして、縦書きで 40 字 ×34 行で 110 枚 ~130 枚。
・用紙の１枚目に以下の項目を記入してください。
①作品名（ふりがな）/②作家名（ふりがな）/③本名（ふりがな）/
④年齢職業 /⑤連絡先（郵便番号・住所・電話番号）/⑥メールアドレス /
⑦略歴（他紙応募歴等）/⑧サイト URL（なければ省略）
・用紙の２枚目に 800 字程度のあらすじを付けてください。
・プリントアウトした作品原稿には必ず通し番号を入れ、右上をクリップなどで綴じてください。

注意事項
・お送りいただいた原稿は返却いたしません。あらかじめご了承ください。
・応募方法は必ず印刷されたものをお送りください。CD-R などのデータのみの応募はお断りいたします。
・採用された方のみ担当者よりご連絡いたします。選考経過・審査結果についてのお問い合わせには応じられませんのでご了承ください。

◆応募先

〒100-0004　東京都千代田区大手町 1-5-1　大手町ファーストスクエアイーストタワー
株式会社ハーパーコリンズ・ジャパン　「ヴァニラ文庫作品募集」係

箱入り男装令嬢とイジワル騎士団長の蜜甘レッスン

Vanilla文庫

2023年6月20日　第1刷発行　定価はカバーに表示してあります

著　者　一滴しい　©SHII ITTEKI 2023
装　画　龍 胡伯
発行人　鈴木幸辰
発行所　株式会社ハーパーコリンズ・ジャパン
東京都千代田区大手町1-5-1
電話　03-6269-2883（営業）
0570-008091（読者サービス係）

印刷・製本　中央精版印刷株式会社

Printed in Japan ©K.K. HarperCollins Japan 2023 ISBN978-4-596-77504-7